Lynne Graham
Una noche con su mujer

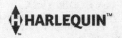
HARLEQUIN™

Editado por HARLEQUIN IBÉRICA, S.A.
Núñez de Balboa, 56
28001 Madrid

© 2000 Lynne Graham
© 2014 Harlequin Ibérica, S.A.
Una noche con su mujer, n.º 2284 - 15.1.14
Título original: One Night with His Wife
Publicada originalmente por Mills & Boon®, Ltd., Londres.
Este título fue publicado originalmente en español en 2007

I.S.B.N.: 978-84-687-3941-0
Depósito legal: M-30306-2013
Editor responsable: Luis Pugni
Fotomecánica: M.T. Color & Diseño, S.L. Las Rozas (Madrid)
Impresión en Black print CPI (Barcelona)
Fecha impresion para Argentina: 14.7.14
Distribuidor exclusivo para España: LOGISTA
Distribuidor para México: CODIPLYRSA
Distribuidores para Argentina: interior, BERTRAN, S.A.C. Vélez
Sársfield, 1950. Cap. Fed./ Buenos Aires y Gran Buenos Aires,
VACCARO SÁNCHEZ y Cía, S.A.

Capítulo 1

LA cuenta ya no existe… –Star no dejaba de repetir con voz quebradiza la desoladora noticia mientras salía del banco.

Todavía tenía en la mano el cheque que había intentado cobrar sin éxito. Bajo la brillante cascada de cabello cobrizo, el aturdimiento estampado en sus delicados rasgos, sus ojos aguamarina rezumaban perplejidad. Subió de nuevo al coche antiguo de Rory Martin.

–¿Por qué has tardado tanto? –preguntó Rory mientras salían del banco.

Girándose en su asiento para comprobar que sus mellizos seguían dormidos en sus sillitas de coche, Star masculló:

–Tuve que hablar con el subdirector…

–Eso será porque ahora eres una dama forrada –bromeó Rory, refiriéndose al dinero que Star había ingresado en el banco llena de orgullo unas semanas antes.

–Y me dijo que la cuenta ya no existe –continuó Star con sequedad.

Al llegar al semáforo, Rory giró bruscamente su rubia cabeza hacia ella.

–¿Cómo dices?

–Juno ha cerrado la cuenta…

–¿Tu madre ha hecho eso? –la interrumpió Rory sin poder creer lo que oía.

–Algo malo debe de haber pasado, Rory.

–Y que lo digas. ¿Cómo podría tu madre cerrarte la cuenta?

–Era su cuenta.

Al oírlo, Rory la miró desconcertado.

–¿Y por qué no tienes una cuenta a tu nombre?

–Porque hasta el mes pasado en que vendí todos esos cuadros no tenía dinero que meter en esa cuenta propia –contestó ella a la defensiva–. ¡Juno me estaba manteniendo!

Poco impresionado por el argumento, Rory arrancó nuevamente cuando el semáforo cambió.

–Aun así, era tu dinero, el resultado de vender tus primeros cuadros…

Su insistencia hizo enfadar aún más a Star.

–Juno y yo funcionamos según la premisa de «lo mío es tuyo», Rory. Somos una familia. Nos apoyamos. Si ha sacado todo ese dinero, será porque lo necesitaba –se detuvo, asaltada por un nuevo motivo de alarma–. ¿Te das cuenta de que hace más de dos semanas que no hablo con mi madre? ¡Cada vez que llamo, me salta el maldito contestador!

–No me sorprendería que hubiera cambiado la cuenta de sitio y se le hubiera olvidado decírtelo –sugirió Rory en tono conciliador–. No te preocupes más. Es mi día libre. ¿Qué quieres hacer ahora?

Todavía perpleja, Star sacudió la cabeza lentamente.

–No puedo ir de compras sin dinero…

–Te haré un préstamo temporal –dijo Rory, encogiéndose de hombros para quitar importancia al asunto.

–No, gracias –se apresuró a decir Star, decidida a no abusar de él de esa forma–. Será mejor que volvamos a casa. Tengo que llamar a Juno y averiguar qué está pasando.

–Seamos sensatos, Star. Casi nunca está en casa. Y mientras, tú necesitas comer –señaló Rory con el sentido práctico de un hombre cuya fortuna familiar se construyó gracias a esa necesidad.

Sin embargo, Star se mostró inamovible. Media hora después, Rory detenía el coche en el sendero empedrado de una destartalada casa fortificada que contaba incluso con una torre rodeada de un oxidado andamiaje. Star vivía en Highburn Castle trabajando como portera por lo que no pagaba alquiler. El propietario vivía en el extranjero. Se trataba de un amigo de Juno que no tenía dinero para mantener su herencia, ni ganas de solicitar las ayudas que se otorgaban para la reparación de edificios de importancia histórica.

Star desabrochó el cinturón de las sillas de bebé que iban en la parte de atrás. Rory abrió mientras la pesada puerta trasera del castillo, llevando consigo al primero de los bebés. Venus suspiró entre sueños, pero no se despertó. Marte dejó escapar un pequeño ronquido agitado y se removió un poco. Star y Rory se quedaron inmóviles hasta que el bebé recuperó la postura.

Al darse cuenta de que la luz del contestador que había instalado su madre estaba parpadeando, Star se limitó a asentir abstraídamente. Apretó la tecla de reproducción y una voz familiar comenzó a hablar.

–Star, soy yo… Me he metido en un buen lío –dijo Juno atropelladamente en el silencio con que fue recibido su mensaje–. No tengo tiempo para explicártelo, pero tengo que salir del país deprisa y he tenido que usar tu dinero para los billetes. Estoy absolutamente sin blanca. Y a ti te he dejado en un números rojos, lo siento, pero tal vez podrías contactar con Luc y obligarlo a que te pague por el mantenimiento de los niños… por favor, cariño…

–¿Quién es Luc? –preguntó Rory con tono abrupto.

Star no lo estaba mirando. Había sentido un violento espasmo al oír el nombre, el estómago le daba vueltas y se había puesto blanca como el papel. Con mano insegura detuvo el contestador y trató de absorber lo que acababa de oír, al tiempo que se obligaba a no pensar en Luc Sarrazin… Luc, su indiferente marido, desconocedor de la existencia de los mellizos…

¿Qué demonios había ocurrido con la galería de arte

que Juno estaba a punto de abrir en Londres? Solo seis meses atrás, Juno confiaba en su éxito. Por todos los santos, ¡había pedido un enorme préstamo para abrir la dichosa galería! Star suspiró. Tratándose de Juno no le extrañaba. No era nada extraño en ella su súbita huida de los problemas.

Lo malo era que esta vez estaba instando además a su hija a acercarse a Luc Sarrazin para que le pidiera una pensión de manutención. Star se horrorizó solo de pensarlo.

–Star… –presionó Rory con más vigor.

–¡Shhh! Quiero oír el resto del mensaje –dijo Star, presionando el botón de reproducción de nuevo.

–Sé que no quieres prestarme atención porque lo que voy a decirte no es lo que quieres oír. Sí, odio a Luc porque es un Sarrazin, ¡pero hiciste estos bebés con él! Tal vez carezca de corazón o de imaginación, pero debería ocuparse de sus propios hijos –Juno se detuvo–. Mira, no sé cuánto tardaré en solucionar este lío, ni si conseguiré hacerlo. Pero te prometo que de ser así, te daré una sorpresa maravillosa cuando regrese –predijo con un tono alegre aunque no demasiado seguro–. ¡Adiós!

–Luc… así que ese es su nombre, Luc –continuó Rory con un tono cáustico, desconocido para Star–. Nunca he comprendido por qué no querías hablar del padre de los mellizos, pero ahora que, por fin, sé cómo se llama, tal vez podrías decirme de quién se trata.

–Mi marido… o algo así… –contestó ella débilmente.

Rory se quedó con la boca abierta. Con gesto de consternación se pasó una mano por el pelo rubio, revolviéndolo.

–¿Me estás diciendo que estás casada? Pero yo pensé que…

Star se encogió de hombros con torpeza.

–Sí, sé lo que pensabas, pero no encontré razón alguna para contradecirte.

–¿Que no viste la razón? –el bronceado rostro de Rory había enrojecido y una mirada de absoluta perplejidad apareció en sus ojos avellana–. ¡Hay una gran diferencia entre ser madre soltera y ser la mujer de alguien, Star!

–¿La hay? No fue un verdadero matrimonio y apenas duró unas semanas. Los mellizos fueron un accidente… mi accidente, mi error –recalcó Star con voz tensa–. No quería hablar de ello. Solo quiero olvidarlo.

–¡Pero no puedes olvidar que tienes un marido! –Rory no ocultó su consternación–. ¡Mis padres se pondrían furiosos si se enterasen de que estás casada!

Una hora después, mientras acomodaba a los niños en el parque con sus juguetes, Star pensó con pesar que era el momento de tomar una decisión. ¿Adónde iba con Rory?

Casi sin darse cuenta este había cruzado la línea de una buena amistad.

Se habían conocido en la cafetería del hospital pocas semanas después del nacimiento de los bebés. Los niños habían tenido que estar en una unidad especial mucho tiempo y había coincidido que la querida abuela de Rory había estado muy enferma. Cuando Rory se dio cuenta de que Star tenía que caminar varios kilómetros para tomar el autobús hasta el hospital, había empezado a sincronizar sus visitas al hospital para coincidir con ella y luego llevarla a casa.

Tenía veintidós años y le había dicho que trabajaba en un supermercado. Lo que no le había dicho era que se trataba de su año de práctica antes de obtener su título en dirección de empresas, ni el detalle de que su padre era el dueño de una enorme cadena de supermercados muy conocidos en el Reino Unido.

Al echarle en cara su falta de sinceridad él se había limitado a decirle que lo había ocultado porque ella tenía muchos prejuicios hacia la gente con dinero.

Y para ser justos, ella tampoco había sido muy sincera con él sobre su pasado. Le había dicho que había sido niña de la beneficencia y había sido educada a expensas de un tutor francés, un tanto reacio. La niña había sido conducida con mano firme para no contaminar con su entorno poco convencional y más que cuestionable origen el buen nombre y excelente reputación de su tutor.

El padre de Luc Sarrazin, Roland, había sido ese tutor.

Y Star solo había visto a Roland Sarrazin dos veces en su vida. Una al convertirse en su pupila, a la edad de nueve años, y la segunda hacía unos dieciocho meses, cuando el hombre se estaba muriendo. Al saberlo, había ido a Francia a presentar sus respetos y se había alojado en la magnífica casa familiar de los Sarrazin, el Chateau Fontaine. Su mente retrocedió al recordar las otras cosas que habían ocurrido en aquel invierno.

En vez de eso, recordó los años que había estado lejos de su madre, Juno Roussel. Nueve años recluida en un remilgado y estricto internado para una niña que había conocido la libertad. Nueve años privada de su madre. Había pasado las vacaciones en Londres, como invitada de Emilie Auber, una viuda mayor y sin hijos pariente de los Sarrazin. Solo Emilie le había dado afecto durante aquellos años, pero Emilie también había cometido un fatal error al animarla a amar a Luc Sarrazin.

Solía decirle que Luc necesitaba a alguien como ella, pero que él aún no lo sabía. Y que Luc no lo sabía había sido totalmente cierto, como que no la necesitaba para nada. De hecho, lo único que había hecho Luc había sido humillarla, algo que ella jamás olvidaría.

Star se quedó mirando al vacío, temblando, y se abrazó. El frío que sentía dentro parecía calarle los huesos. Habían pasado dieciocho meses, y ella no había seguido el consejo de Luc de experimentar. Para empezar se había dado cuenta de que después de una única noche en la cama de Luc se había quedado embarazada.

Después habían llegado prematuramente los mellizos. La tenue unión de los pequeños a la vida la había sentenciado a meses de torturador miedo y ansiedad. Pero por fin tenía a Venus y a Marte en casa, y estaban creciendo sanos. Y Rory seguía allí, mostrándose cariñoso y comprensivo. Adoraba a los niños y quería una novia, no solo una amiga. No esperaría toda la vida a que ella se decidiera...

Sus besos eran agradables. No ardían, pero eso no era malo, porque esa ardor dolía, se recordó decididamente. Se acabaron las fantasías de adolescente con el hombre que amaba, el único que había amado, y que había pasado su noche de bodas en los brazos de su exquisitamente bella amante, Gabrielle Joly. Le había dejado claro todo lo que necesitaba saber. Pero Star siempre había sido una luchadora, y muy testaruda. No había querido dejar escapar su sueño. Amándolo y odiándolo al mismo tiempo, pero decidida a no dejarlo escapar de ninguna manera, se había rebajado y había luchado por su hombre.

Llevárselo a la cama había sido para ella una gran proeza. Había creído que había ganado; había creído que era suyo; había creído que rendición significaba aceptación. No le había importado en ningún momento lo que él sentía. Los hombres no siempre sabían qué era los que más les convenía. De hecho, podían ser unos verdaderos estúpidos a la hora de reconocer a su alma gemela si esta no aparecía como ellos esperaban. Y Luc había demostrado ser muy torpe.

—Tengo que hacer algunas cosas. Puede que vuelva esta tarde —dijo Rory.

Star lo miró sin expresión solo un segundo, y a continuación, se disculpó y por fin salió de sus perturbadoras ensoñaciones.

—De acuerdo... lo siento, estaba pensando en otra cosa.

Mientras acompañaba a Rory a la salida, se dio

cuenta de que sentía una culpable sensación de alivio.
Pensar en Luc la agitaba emocionalmente y a la vez la
llenaba de furiosa frustración. Pero lamentarse por los
errores cometidos era perder el tiempo. Más le valdría
pensar de qué iban a vivir los niños y ella después de
que Juno los hubiera dejado literalmente sin un centavo.

Luc Sarrazin tuvo que reconocer que iba a ser una
noche muy larga. En la carretera, el viento arremetía
contra su potente coche, obligándolo a agarrar con fuerza el volante. Pero el fuerte viento no era más que una
brisa en comparación con la furia, fría y letal, que con-
tenía bajo su fachada habitualmente impertérrita.

El día antes, el contable de Emilie Auber había vola-
do hasta París para reunirse urgentemente con él. Robin
Hodgson había sido el encargado de darle las malas noticias. Sin consultar con él, ni con nadie en realidad,
Emilie había prestado prácticamente todo el dinero que
tenía a una mujer llamada Juno Roussel.

Luc se había puesto furioso, pero al tiempo le había
provocado cierta sombría diversión que incluso en circunstancias tan difíciles Emilie no hubiera admitido el
embarazoso hecho de que Juno Roussel era en realidad
¡su suegra! Su endiablada suegra, pensó frunciendo el
labio. No le había extrañado en absoluto enterarse de
que Juno había desaparecido con el dinero de Emilie.

En opinión de Robin Hodgson, todo había sido un
deliberado engaño. Y también le había contado que
Emilie conocía a Juno porque una joven a la que conocía desde pequeña, Star, se la había presentado como su
madre.

Esa información sí que lo había sorprendido. La
mera idea de que Star pudiera estar involucrada en la
estafa a Emilie le daba asco. Star siempre había sido
muy honesta.

Sin embargo, lo que había hecho añicos sus legendarios nervios de acero en la entrevista con Hodgson había sido saber que, al parecer, Star había tenido mellizos, que todavía estaban en el hospital la última vez que visitara a Emilie el otoño anterior. Madre... Su jovencísima, y fugitiva, esposa había sido madre. ¡Star había dado a luz a los hijos de otro hombre cuando todavía estaba casada con él!

Inflamado ante la revelación, apenas recordaba nada más de la conversación. Aún se sentía furioso. Quería destrozar algo. Quería verter sangre. ¿Cómo se había atrevido Star a hacer algo tan sórdido? ¿Cómo se había atrevido a acostarse con otro mientras seguía siendo su esposa?

No había duda de que Star se creía a salvo. A pesar de todos sus esfuerzos durante los últimos dieciocho meses, Luc no había sido capaz de averiguar el paradero de su esposa. Sin embargo, esa misma mañana Luc había conseguido entrar en la galería de arte que Juno acababa de abandonar. Allí había encontrado la libreta de las direcciones que la mujer se había dejado olvidada en su apresurada huida...

Star acababa de meter a los niños en la cuna cuando sonó el ruidoso timbre de la puerta principal en el antiguo panel para los sirvientes que había en la cocina. Solo un extraño llamaría a la puerta principal, que apenas se utilizaba. De hecho, hacía mucho tiempo que los cerrojos no se podían correr por lo oxidados que estaban. El timbre soltó dos nuevos y prolongados alaridos. Star se puso tensa, preguntándose de qué clase de urgencia se trataría.

Lo primero que le llamó la atención fue el carísimo deportivo con el capó dorado. Desconcertada, su mirada reparó entonces en el hombre alto y moreno que estaba de pie frente al tirador de estilo victoriano. Luc... ¡Era Luc! ¿Pero cómo? Emilie Auber le había jurado guardarle el secreto de su paradero. ¿Cómo había logrado dar con ella?

Star se quedó de piedra de puro aturdimiento, desorientada. Se balanceó sobre los talones, temblando violentamente. Al notar su presencia en ese momento, Luc avanzó hacia ella, su rostro atezado y arrebatadoramente hermoso duro como el granito.

Star fijó en él sus ojos aguamarina y echó un poco hacia atrás para poder captar toda su presencia. Era inmenso. De alguna manera había olvidado cuánto. Allí estaba, con su metro noventa de intimidación masculina, emanando sofisticación por los cuatro costados, algo tan natural en él como respirar. No en vano era uno de los banqueros especializados en inversiones más poderosos del mundo. Poseía la elegancia exquisita e impecable de un jaguar y una presencia física arrolladora.

Sus ojos negros como la noche relucían como diminutos cristales de hielo, fijos en los de Star, cuyo pulso en la base del esbelto cuello empezó a latir convulsivamente.

–Aturdimiento… horror –enumeró Luc con una sibilante suavidad que fue descendiendo por la sensible espina dorsal de Star como un advertencia de peligro–. Sigues sin saber ocultar tus sentimientos, *mon ange*.

Capítulo 2

¡DIOS mío! –exclamó Luc mirando con gesto sombrío el andamiaje que cubría la parte delantera del castillo–. Déjame pasar –ordenó imperiosamente.

–La puerta delantera no se puede abrir... tendrás que venir a la trasera –dijo ella.

Salvajemente consciente de la potente presencia de Luc a su lado, acortando sus largas zancadas para adaptarse a los pasos más cortos de ella, Star avanzaba sin aliento hacia la parte trasera.

–Lo la-lamento, Luc... de verdad –tartamudeó sinceramente mientras avanzaban por un pasillo poco iluminado que conducía a la cocina situada en el sótano.

Nada más pisar la sala, Luc la examinó con sus ojos oscuros más fríos que el hielo.

–¡Cuando termine de desenterrar esta traición que de nada te servirá ocultar, entonces sabrás lo que verdaderamente significa lamentar algo!

Conmocionada por el nivel condenatorio de aquellas palabras, Star palideció aún más. ¿Acaso opinaba que debería haber abortado? ¿Consideraba una traición que hubiera dado a luz a unos niños que él no habría querido que ella tuviera? Sintió un nudo en el estómago.

–A veces las cosas no salen como esperamos, Luc...

–En mi vida no... nunca había ocurrido hasta que apareciste tú –puntualizó con frialdad.

Ante una acusación que ella sabía con seguridad que tenía mucho de verdad, Star apoyó una débil mano en el respaldo de un sillón hundido y lo miró con impotencia, tomando nota detallada de su aspecto. Su elegante traje gris marengo de seda se adaptaba a sus anchos hombros y a las largas y potentes piernas como solo un fabuloso traje hecho a medida por un sastre experto podía hacer. El viento le había revuelto el reluciente pelo negro, pero su corte perfecto facilitó que los mechones rebeldes volvieran a su sitio.

Tras una breve inspección al humilde entorno con sombría mirada de desprecio, Luc fijó su atención nuevamente en ella sin previo aviso.

En el momento en que Star colisionó con aquellos relucientes ojos negros de largas pestañas fue como si se encontrara en medio de una tormenta eléctrica. Sintió un arrebato de calor que le recorrió el delgado cuerpo, que se tradujo en el rubor enfebrecido de sus mejillas.

El silencio resonaba estruendosamente en sus oídos, y el corazón le latía a un ritmo frenético dentro del pecho. Un deseo tan poderoso como debilitante se había apoderado de ella, humedeciendo su piel de sudor, arrebatándole hasta la capacidad de respirar o vocalizar. ¿Qué era lo que tenía aquel hombre? Se lo había preguntado infinidad de veces. ¿Lo obvio? Era increíblemente guapo. Alto, moreno y con un cuerpo literalmente escultural. Debía la herencia de su fabulosa estructura ósea, del pelo negro como el ébano y del tono dorado de su piel a su abuela materna, una condesa italiana.

—Veo que no tienes nada que decir en tu defensa —dijo Luc, arrastrando las palabras.

—Aún estoy aturdida —replicó ella con sinceridad.

Aturdida. No podía estarlo más que él, decidió Luc con repentina ferocidad. Encontrársela viviendo así, en la miseria, iluminándose con velas como en un cuento gótico, carente de comodidades. Iba vestida como una gitana y estaba delgada como un palo. Era obvio que se había hundido irremisiblemente sin el apoyo económico de los

Sarrazin durante dieciocho meses. Tal como él había esperado y pronosticado. Contempló sus pies desnudos, recordó cómo había corrido casi a través de la áspera grava del sendero, y el más extraordinario dolor despertó en su interior. Furia teñida de frustración emergió de su interior, arrasándolo todo. Carecía del sentido común suficiente para protegerse de la lluvia, había dicho de Star una vez Emilie.

Emilie… el veloz intelecto de Luc viró hacia el asunto que lo había llevado hasta allí, aunque su velada mirada siguiera centrada en la parte del cuerpo de Star cubierta por aquella falda de sedosos flecos. En su memoria tenía almacenado el recuerdo de sus esbeltas y bien torneadas piernas. Se tensó casi imperceptiblemente al tiempo que su examen de valoración iba ascendiendo hasta llegar al abultamiento de sus pequeños pechos sin sujetador ceñidos por un top de terciopelo.

Star echó la cabeza hacia atrás y entonces el cuerpo esbelto y poderoso de Luc se endureció en una reacción puramente masculina. El pelo de ella brillaba a la luz de las velas, reluciente como cobre fundido a la luz del sol, bailoteando alrededor de su rostro triangular. Su palidez realzaba el exotismo de sus ojos, llenos de una viva sensualidad, y de su boca grande, suave y voluptuosamente sonrosada.

¿Y esa era la mujer por quien llevaba gastadas cien mil libras con motivo de su búsqueda en los últimos dieciocho meses? Pequeña, delgaducha, brutalmente diferente del resto de sus congéneres femeninos. No había nada convencional en sus volubles cambios de expresión, en sus fluidos movimientos, en sus tintineantes pulseras, en sus estrafalarios pendientes con forma de gato ni en su ridícula forma de vestir. Tampoco era bella. No había nada en ella que él admirase o buscase en una mujer, excepto la adictiva sexualidad natural que formaba parte de ella, se dijo Luc con decidida determinación.

Star tenía el alma y el espíritu de un pequeño animal salvaje dispuesto siempre a luchar por la supervivencia. Incluso negociando. ¿Por qué si no iba a estar mirándolo con aquella expresión melodramática de ansia? No, Luc no tenía duda de que Star sabía perfectamente el motivo de su visita. ¡La única explicación para su actitud avergonzada y desesperada era que estuviera implicada hasta las cejas en convencer a la anciana prima de su padre para que le diera el dinero!

–¿Cómo has podido hacerle algo así a Emilie? –exigió Luc con frialdad.

–¿Emilie? –repitió Star, frunciendo el ceño.

–El préstamo, Star.

–¿Qué préstamo…? ¿De qué estás hablando?

–*Si tu continues*…–murmuró él en voz tan baja que Star sintió que se le erizaba el vello de la nuca.

Era una amenaza. Si continuaba, se enfadaría, quería decir. ¿Pero de qué préstamo hablaba?

–Te prometo que no sé de que…

Luc extendió lentamente los largos dedos de una de sus expresivas manos.

–De modo que así es como quieres jugar –replicó él, envolviendo cada palabra en un aterrador énfasis–. ¿Te avergüenzas de los dos pequeños bastardos que has engendrado mientras aún estabas casada conmigo?

Las ofensivas palabras cayeron sobre ella como un golpe físico.

–¿Bastardos? –susurró débilmente.

–La ilegitimidad parece ser una constante genética en tu familia, ¿no? Tus hijos… tú… tu madre. Ni uno de vosotros habéis nacido dentro al abrigo de la convencional bendición de la iglesia.

Al comprender que Luc creía que sus bebés eran hijos de otro hombre, lo miró profundamente dolida.

–No… no, Luc… yo…

–Creo que merezco una explicación –dijo Luc, alzando una ceja de ébano mientras la miraba con irónico desdén–. Me divorciaré de ti por adulterio y no tendré que pasarte pensión, te lo aseguro.

¡Divorcio! Incluso en medio de la absurda incredulidad ante el hecho de que Luc la creyera capaz de haber tenido hijos con otro hombre mientras estaba casada con él, la palabra penetró en ella con la fuerza desgarradora de una bala. El divorcio era para siempre. Le devolvió la mirada con los ojos ensombrecidos y las mejillas tensas bajo su piel clara.

–Pareces sorprendida –dijo Luc tras soltar una risotada ronca.

La atmósfera chisporroteaba. Star podía percibir la ira de Luc, por mucho que la mantuviera a raya bajo su fría fachada. Una dolorosa y anhelante tristeza la invadió cuando vio la sombría satisfacción que asomó a sus ojos negros. Por fin tenía una excusa perfecta para deshacerse de ella, aunque siempre había sido así. Nunca había querido estar con ella, nunca había sido adecuada.

–Nunca debiste casarte conmigo… –la agonía se desbordaba dentro de ella al recordar su persistente optimismo contra viento y marea. Su manipulación, sus maniobras, su último intento desesperado de obligarlo a darle una oportunidad de ser una esposa de verdad. ¿Qué importancia podía tener que pensara que los mellizos eran de otro hombre? Era lo que él quería creer. No le importaba. Nunca le había importado.

Luc se había apartado. Su fuerte perfil estaba rígido. Apretó los puños y a continuación estiró las manos nuevamente, poco a poco, pero seguía sintiendo la violencia como una llama en su autocontrol. La pequeña zorra. ¡Cómo la despreciaba! Dadas las circunstancias, estaba siendo maravillosamente educado y civilizado. Solo que no se sentía así. Quería castigarla y más aún viéndola allí con aquel aire de niña irresponsable que nunca pensaba en el daño de sus actos. Pero no se atrevía a seguir sus instintos.

Durante dieciocho interminables meses había llevado

a Star sobre su conciencia. Había estado muy preocupado por ella, por cómo y dónde estaría viviendo, incluso si seguiría viva. En su opinión, cualquier ser capaz de la intensidad emocional de Star tenía que ser inestable. Star tenía unos sentimientos aterradoramente fuertes que había centrado única y exclusivamente en él.

Dieciocho meses atrás, presa de una furia como nunca antes había sentido, la había apartado de él con el mazazo de su rechazo. Y ella había salido huyendo como alma que llevaba el diablo, dejándose toda su ropa y también una carta cuyo contenido había considerado peligrosamente cercano a la autodestrucción. Había hecho que dragaran el foso del castillo, había hecho que los hombres rana se sumergieran día tras día...

Star lo contempló detenidamente con lástima y ladeó la barbilla.

—No eras digno de mi amor. Nunca lo fuiste. Ahora lo veo.

Luc giró la cabeza para mirarla como si acabara de asestarle una puñalada en la fuerte espalda.

—Eres muy duro. Y acabarás convirtiéndote en un hombre desgraciado y amargado como tu padre —continuó Star—. Si ni siquiera te gustan los niños.

Luc la miró con silenciosa mofa, pero la leve variación en el color de sus espectaculares pómulos, la súbita tensión y la llamarada de hostilidad que ardía dentro de él le bastaron a Star para saber lo que necesitaba saber. Algún día, su próxima mujer daría a luz un hijo reconocido, su heredero, reflexionó Star dolorosamente. Y Luc repetiría los mismos actos de crueldad que él había sufrido en su solitaria niñez. No conocía otra cosa. Su hijo sería recluido en una alejada habitación en compañía de una estricta niñera. Le enseñarían a comportarse como un adulto en miniatura y sería censurado por cualquier reacción infantil hasta que aprendiera a no llorar, a no gritar, a no perder el control... pues todas esas reacciones eran innecesarias y poco dignas de un hombre. Al menos ese pobre niño estirado no sería Marte, se dijo Star horrorizada.

–Emilie… –le recordó Luc entonces con frialdad–. ¿Cómo pudiste presentarle a una buitre como tu madre?

Confusa ante tan abrupto cambio de tema, Star trató de recordar el préstamo que Luc había mencionado antes, pero no era capaz de comprender por qué diría que Juno era una buitre. Juno le daría hasta su último céntimo a cualquiera que lo necesitara.

–No entiendo…

–*Bon! Cela suffit maintenant*… De acuerdo, ya es suficiente –terció Luc con dureza–. Tus mentiras solo conseguirán que me enfade aún más. ¡Estoy tentado de a llamar a la policía!

Star bajó las pestañas para salvaguardar la mirada de sorpresa de sus ojos mientras intentaba poner orden en sus pensamientos. ¿Cuánto más esperaba Luc de ella? A decir verdad, aquel hombre apenas era capaz de reconocer los sentimientos humanos y por tanto no podía comprender por lo que ella estaba pasando en aquel momento. ¡Pero llegaba sin previo aviso, dando por hecho que sus hijos habían sido «engendrados» con su amante, tras lo cual le había anunciado que quería el divorcio! Aquello era indignante.

–Yo no miento –afirmó ella.

–Más fácil será todo entonces. Así que Juno y tú colaborasteis para convencer a Emilie de que le hiciera un préstamo a tu madre por valor de todo lo que tenía…

–No… –Star avanzó horrorosamente desconcertada ante semejante acusación.

–Sí. No te atrevas a mentirme –entonó Luc con un tono lleno de furia que nunca antes le había oído–. Ayer, el contable de Emilie me contó toda la historia. Emilie sacó todo el dinero que tenía invertido y se lo dio a Juno para que abriera esa galería de arte.

Star se quedó de piedra. Las piezas del rompecabezas encajaban por fin. ¡Juno había conseguido el dinero de Emilie, no de un banco!

–Y ahora Juno ha desaparecido. ¿Vas a decirme dónde está?

–No sé dónde está… –horrorizada por lo que había oído, Star se apartó con un movimiento torpe.

Ahora comprendía por qué su madre había huido del país y no había querido especificar el lío en el que se encontraba. Sin duda sabía lo mucho que se habría disgustado su hija con su comportamiento.

¿Pero cómo podía haber sido Emilie tan ingenua? La anciana no era rica y tampoco tonta. ¿Entonces por qué demonios se había arriesgado a prestar dinero a una mujer a la que apenas conocía?

–No puedes traicionar a Juno, ¿verdad? –dijo Luc con un duro tono condenatorio.

–¡No estoy en posición de hacerlo! –protestó ella.

Luc la contempló detenidamente con sus duros ojos negros.

–Ha dejado a Emilie sin un céntimo.

–¡Oh… no!

Star estaba muy apenada y avergonzada. Quería mucho a Emilie Auber. Lo que había hecho su madre le parecía sencillamente horroroso. Le reconfortaba saber que Luc no dejaría que le faltara de nada. Él reemplazaría los fondos sin vacilación. Juno también debía de habérselo imaginado, pensó con amargura Star.

–Si me dices adónde ha ido Juno, puede que empiece a creer que tú no tienes nada que ver con este desgraciado asunto –murmuró Luc muy suavemente.

–Ya te lo he dicho… ¡No lo sé! –Star le lanzó una ardiente mirada de enfebrecido nerviosismo–. ¿Cómo podría tener algo que ver con esto? ¿Cómo puedes pensar que yo animaría a Emilie a prestarle ese dinero a mi madre?

–¿Por qué no? –espetó él, estudiándola con mirada

lóbrega–. Aparte de esa única visita que le hiciste en compañía de tu madre la pasada primavera, Emilie no ha tenido noticias tuyas desde que te marchaste de Francia. Eso no sugiere una gran muestra de afecto por tu parte, ¿no crees, *mon ange*?

Star apoyó las delgadas manos en la desgastada mesa de pino y se puso rígida de puro resentimiento ante tal acusación. Pero no podía admitir que había seguido manteniendo contacto regular con Emilie si no quería dejarla como una mentirosa por fingir lo contrario ante él.

–No puedo creer que pienses que tengo algo que ver con todo esto –repitió Star con determinación.

–No eres tan inocente. ¿Cómo podrías serlo? Eres hija de Juno. Y viviendo como vives… –Luc lanzó una elocuente mirada a la desangelada cocina–. Ha debido de ser muy tentador buscar la manera de devolverme el golpe.

–Yo no pienso así…

–Tu madre sí. Ella odia a mi familia. Emilie puede que solo sea una prima de mi difunto padre, pero aun así es un miembro de mi familia.

–¡Luc… yo no dejaría que nadie hiciera daño a Emilie de ninguna forma! –alegó ella frenéticamente.

–¿Entonces por qué le presentaste a Juno?

–¿Por qué no habría de hacerlo? Emilie siempre había querido conocerla. Nunca se me habría ocurrido que Juno le pediría dinero, ¡ni que Emilie llegara a considerar la posibilidad de dárselo!

–¿Quieres saber por qué Emilie le dio a tu madre ese dinero?

Star asintió lentamente.

–Emilie pensó que, si la galería despegaba, tú te mudarías a Londres y vivirías con Juno. Emilie tenía la esperanza de poder verte más a menudo.

El poco color desapareció de las mejillas de Star. Se apartó de él completamente afligida. Quería taparse los oídos para no oír el burlón tono de condena de Luc. Ella también quería ponerle la mano encima a su irresponsable madre y sacudirla hasta que le castañetearan los dientes en esa preciosa cabecita rubia.

–Te considero a ti responsable de todo esto –informó Luc a continuación con fría firmeza.

–Te juro que yo no sabía nada del préstamo…

–No te creo. Nada más vernos hace un rato, el gesto de culpabilidad de tu rostro te traicionó –Luc se dirigió con fluidos movimientos hacia la puerta–. Dado que no he encontrado las respuestas que necesito aquí, iré a la policía.

Star giró en redondo con los ojos aguamarina horrorizados:

–Luc… no… por favor, no lo hagas.

–Lo de «por favor» ya no funciona conmigo. Quiero a Juno. Si tú no puedes entregarla, estoy perdiendo el tiempo aquí, y no me gusta que me hagan perder el tiempo.

–Si supiera dónde está, te lo diría… te lo juro –gimió Star, cubriendo la distancia que los separaba.

–No lo harías. La protegerías. La ocultarías…

–No… Si se pusiera en contacto… –Star tomó aire temblorosamente, los ojos brillantes por las lágrimas no derramadas–. Te lo diría. Lo juro. No me gustaría hacerlo, pero lo que Juno le ha hecho a Emilie me duele y me enfurece. Mi madre se equivocaba…

–La policía se ocupará. Tengo suficiente para denunciarla.

–No… ¡No puedes hacer eso! –Star alargó la mano involuntariamente y le tiró del brazo en un intento de hacerle retroceder cuando él ya estaba abriendo la puerta que daba al pasillo.

–No me toques… –le advirtió él con la frialdad del hielo.

Star sintió que se le cerraba la garganta y apartó los dedos de un golpe. Estaba temblando de aturdimiento, y se sonrojó violentamente de vergüenza. En un momento, revivió todos los actos de rechazo de Luc.

–Crucificaré a Juno en los tribunales y después me divorciaré de ti –murmuró Luc con el sibilante tono de su aterciopelado acento.

–¿Quieres que te suplique de rodillas? –dijo Star, lanzándose sobre él desesperadamente.

Luc enarcó una de sus aristocráticas cejas en un gesto fulminante.

–Haré lo que sea… –continuó ella.

–Las súplicas no me excitan.

Atónita ante el aplomo enronquecido de sus palabras, Star levantó la cabeza y lo miró. Luc le dirigió una sombría sonrisa, los ojos brillantes tras sus tupidas pestañas negras. Una ola de calor se arremolinó en el estómago de Star, que se estremeció, atraída como una polilla hacia una llama.

–A mí me gustan las mujeres altas y rubias, y un poco más sofisticadas –terminó Luc con melodiosa calma.

Star retrocedió como si hubiera recibido un golpe, sintiendo que el estómago se le retorcía.

En el tenso silencio que siguió la puerta al final del pasillo se abrió violentamente, dando paso a Rory cargado de bolsas del supermercado. Este se detuvo con el ceño fruncido.

–Lo siento. Como no respondías a mi llamada, decidí entrar. No me había dado cuenta de que tenías compañía.

Star inspiró profundamente, desconcertada con la aparición de Rory.

–Rory, este es Luc… Luc Sarrazin. Ya se iba…

–Que te crees tú eso –terció Luc, entre dientes, rígido como una estatua al lado de ella.

Star miró a su marido sin dar crédito.

–¿Luc…? –Rory dejó caer las bolsas al suelo de piedra–. ¿Eres… eres el marido de Star?

Luc lo ignoró por completo. Toda su atención estaba centrada en Star.

–¿Vive aquí?

–No vivo aquí –le espetó Rory bruscamente.

Luc volvió su arrogante cabeza y miró a Rory detenidamente.

–*Fiches le camp…* ¡Lárgate de aquí!

–No pienso irme a menos que Star me lo pida… –contestó el otro hombre con firmeza.

–Si no lo haces, te aseguro que cambiaré la configuración de tu rostro –aseveró Luc en una fría provocación.

–¡Déjalo ya, Luc! –Star estaba horrorizada ante la agresión desvergonzada de Luc.

Luc inclinó hacia atrás su orgullosa cabeza y se apoyó en el marco de la puerta como un enorme y enérgico felino salvaje a punto de saltar.

–¿Que deje qué?

–¿Qué es lo que te pasa? –exigió Star profundamente avergonzada.

–¿Este jovenzuelo deja embarazada a mi mujer y aún me lo preguntas?

–¡Rory no es el padre de mis hijos! –replicó ella con voz temblorosa.

Rory los miraba totalmente desconcertado. Entonces Luc se quedó quieto de nuevo. Las ventanas de su nariz estaban muy abiertas y el aliento escapó de su boca en un audible silbido al oír sus palabras.

–¿Entonces con quién más has estado experimentando? –dijo él asqueado.

La piel de Star había adquirido un tono grisáceo. No dijo nada. Se giró y aferró con una tensa mano el brazo de Rory al tiempo que lo llevaba hacia el exterior.

–Lo siento mucho, pero es mejor que te vayas. Luc y yo tenemos que hablar, arreglar algunas cosas –dijo Star con la voz igualmente tensa.

–Es evidente que aún no le has contado lo de los mellizos.

–No… pero quiere el divorcio.

–Probablemente sea lo mejor dadas las circunstancias. Parece que tiene un carácter muy agresivo. No podría imaginarte viviendo felizmente con alguien como él.

Star casi se echó a reír. ¿Felizmente? Pero vivir separada de Luc había sido como vivir en un vacío; tampoco eso la había curado. Forzando una tensa sonrisa, Star dijo:

–Ya hablaremos mañana sobre lo de hacerme la compra.

Acto seguido cerró la puerta y se apoyó contra la madera en un intento por reunir fuerzas. Había supuesto que Luc habría vuelto a la cocina, por lo que se quedó muy sorprendida al ver que la puerta de la habitación de los niños estaba más abierta.

Luc los contemplaba a unos metros de las cunas. Venus se había hecho un ovillo sobre un lado, con sus rizos cobrizos enmarcando el diminuto rostro. Marte estaba tumbado boca arriba, con su sedoso cabello oscuro bordeando sus rasgos suavemente sonrosados por el sueño, aferrando con una manita el sonajero del que nunca se desprendía.

–¿Qué edad tienen? ¿Cinco… seis meses? –inquirió Luc sin una chispa de emoción.

–¿Te habría gustado que fueran tuyos? –se oyó preguntar Star tontamente.

–*Tu plaisantes!*

Ella sabía que significaba: «¡Estás de broma!» Enrojeció violentamente ante sus palabras. Qué estúpida había sido por preguntar. Debería habérselo dicho sin más.

Luc pasó junto a ella. Dejando la puerta cuidadosamente entreabierta, Star lo siguió a la cocina.

–De hecho, estoy muy agradecido por que no sean mis hijos –añadió Luc mientras se colocaba con actitud dominante junto a la chimenea–. Habría complicado mucho el divorcio además de haber imposibilitado una ruptura limpia. Teniendo en cuenta que tenemos en común lo que el agua y el aceite, una custodia compartida habría sido un reto importante.

Star estaba pálida como una muerta. Su reacción la había sacudido hasta los cimientos. Era cierto que él nunca había pensado en ella como en su esposa. Sin embargo, se había puesto furioso al ver aparecer a Rory. Había estado agresivo, propulsado por un atávico instinto territorial masculino. Algo que ella nunca había visto antes, pero en ese momento se daba cuenta de que su reacción solo se debía a su salvaje orgullo.

–Luc… yo…

–Ya me iba… –Luc contempló a su diminuta mujer, esforzándose por distanciarse, en la niebla densa de sus pensamientos normalmente ordenados. De pronto comprendió por qué tantas esposas infieles habían perdido la cabeza durante la Revolución francesa. Sintió que un escalofrío le recorría las manos y las metió en los bolsillos. «Nadie te amará como te amo yo». Suaves palabras, vacías promesas. Él no era un hombre violento, pero quería recordarle a quién pertenecía. No, no le pertenecía a él. No quería que le perteneciera.

–¿Podemos hablar? –dijo Star, moviendo las manos con nerviosismo.

–¿Hablar? –gruñó Luc, observando la manera en que la vacilante llama de la vela acentuaba el distintivo color de sus ojos y la incitante suavidad de su boca carnosa.

–Sobre Juno –Star se humedeció los labios resecos y miró a Luc, que había vuelto sus ojos oscuros hacia ella con inesperada fuerza.

–No.

–¿No? –las mejillas de Star se tiñeron de color a medida que la tensión aumentaba. Contuvo la respiración momentáneamente y al cabo el corazón empezó a martillearle dentro de las costillas. Seguía teniendo la boca seca y se tensó, consternada, al sentir elevarse sus pechos y henchirse los rosados pezones.

Los brillantes ojos de Luc la recorrieron encendidos.

–Si pasas la noche conmigo, os dejaré en paz a las dos...

–¿Có... cómo dices? –tartamudeó Star.

–No iré a la policía por lo de Juno –explicó él, mirándola impertérrito, todos los músculos de su delgado y fuerte rostro inmóviles–. Una noche. Esta noche. Ese es el precio.

Star se quedó boquiabierta. Entonces la cerró nuevamente y trató de tragar.

–¡No puedes... hablar en serio!

El silencio bullía entre ellos. Star notó un escalofrío.

–¿Por qué no habría de hablar en serio? –preguntó Luc, echando hacia atrás la cabeza de dimensiones perfectas al tiempo que esbozaba una burlona sonrisa–. Solo una noche. Luego vendrás conmigo a Londres a ver a Emilie. Juntos la tranquilizaremos y le aseguraremos que no tiene nada de qué preocuparse. Y no volveremos a vernos en la vida.

–Pero si tú ni siquiera me deseas...

–¿Que no? –Luc avanzó hacia ella un paso, lentamente, hipnotizándola con sus ojos oscuros, que observaban su rostro desconcertado–. Solo una vez más...

–No me deseas. ¡Nunca me has deseado! No soy tu tipo –alegó Star, como si repitiera un mantra con tono incrédulo.

–Excepto en la cama –añadió Luc sin dudarlo.

Star se quedó inmóvil. Y acto seguido se apartó con brusquedad. Por fin, Luc reconocía algo que le había negado dieciocho meses antes. La ira y el arrepentimiento empezaron a bullir dentro de ella en rápido aumento.

–¿Y no pudiste admitirlo ante mí hace dieciocho meses?

–No –respondió él, arrastrando las palabras–. Te habría dado razones para creer que nuestro matrimonio tenía algún futuro.

El calor que aún vibraba dentro de Star se enfrió de golpe. Su actitud fría y calculadora fue como una puñalada para su corazón.

–Pero eso era entonces y esto es ahora –continuó él, poniendo el acento en la última palabra.

Star sintió que se le cerraba la garganta. Su maltrecho cuerpo podría acelerarse con solo una mirada de aquellos increíbles ojos negros, pero ¿de verdad la consideraba tan ligera de cascos?

–No me deseas lo suficiente… –en el momento que aquellas impulsivas palabras salieron de su boca Star deseó poder comérselas, pues no hacían sino revelar sus propios sentimientos.

Luc la sometió a un firme escrutinio con aquellos devastadores ojos negros.

–¿Cuánto es suficiente?

Star quería verlo arrodillado. Quería oírle decir con desesperación que nunca había deseado a una mujer como la deseaba a ella.

–¿Cuánto? –repitió con voz ronca.

–Má… más –la corriente de excitación que Luc generó dentro de ella conforme se acercaba le estaba estrangulando las cuerdas vocales.

Luc no comprendía qué quería decir Star con eso. Y sintió una familiar frustración. Se sentía incapaz de manejar la situación y eso lo enfurecía. Había creído que ella aceptaría la invitación de buena gana. Ella nunca reflexionaba antes de actuar. Y lo deseaba tanto como él a ella. Sin embargo esa vez se estaba conteniendo. ¿Por qué? ¿Qué más podía darle él?

–¿Como un incentivo económico? –preguntó Luc con cinismo letal.

Star puso unos ojos como platos mientras una risa nerviosa escapaba de su reseca garganta.

Tenso y con los ojos relucientes, Luc extendió una bronceada mano, la cerró sobre la delgada muñeca de ella y la acercó de un tirón, tanto que Star dejó de respirar.

—¿Te parece divertido?

Star se dio cuenta tarde de que a él no se lo parecía. Luc creía que se estaba riendo de él, pero ella solo se reía porque no podía creerlo. Levantó la mirada a las profundidades oscuras de sus ojos. Su aroma perversamente familiar la inundó; solo una leve nota cítrica en su loción de afeitar cubría su cálida y potente esencia varonil.

—Divertido no… triste —replicó ella, tratando de mantener un ápice de concentración—. Creo que preferirías que te pidiera dinero.

—Eso es una tontería…

—Llámame avariciosa entonces. Podrías juzgarme, mantener el control.

—No he perdido el control.

—Te gusta pagar por las cosas… no valoras las cosas gratuitas —condenó Star con voz temblorosa, conteniéndose para no reclinarse sobre él.

—*Ciel!* —replicó Luc con frustración descarnada—. ¡Desde que tu madre y tú aparecisteis en mi vida todo ha tenido precio!

Ante tal acusación, basada en hechos reales, Star palideció. Simultáneamente un tremendo chirrido llegó de algún lugar, seguido de un fuerte golpe. Apartándose de un tirón de él, Star abrió los ojos profundamente consternada.

—¿Qué ha sido eso? —preguntó Luc, girándose con el ceño fruncido.

—Ha sonado como si el andamiaje se hubiera venido abajo.

Luc se dirigió a la puerta soltando al tiempo una imprecación de impaciencia en su propio idioma. Entonces, Star recordó que Luc había aparcado su coche debajo del andamio que rodeaba la torre. Pasó por su habitación para ponerse las chanclas y lo siguió corriendo.

Cuando llegó al lado de Luc este contemplaba en silencio el enorme amasijo de metal y paneles de madera astillados que habían caído sobre su precioso deportivo. El coche estaba oculto a la vista por tres lados.

–*Pour l'amour du ciel…* –masculló con incredulidad mientras se dirigía a grandes zancadas hasta la puerta del conductor, la única accesible.

–¿Qué haces? –gritó ella asustada, agarrándolo por la manga para retenerlo.

–¡Necesito mi móvil!

–¿Estás loco? –Star señaló hacia el único piso del andamio que se cernía en precario equilibrio sobre el coche–. ¡Podría caerse en cualquier momento!

–*Oui…* estoy loco –contestó él, lanzándole una torva mirada de soslayo–. ¿Acaso me echaste una maldición la última vez que miraste tu pirámide de cristal?

Star se puso tensa como la piel de un tambor. Después de una respuesta tan burlona, resistió la necesidad de decirle que muchas personas creían en el poder curativo del cristal.

–Hay teléfono en la cocina. Puedes usarlo.

Y se fue de allí no sin antes lanzarle una última mirada de nerviosismo. Pudo ver que Luc aún estaba calculando las posibilidades de que cayera la última sección del andamio antes de que sacara el móvil del coche.

–¡No te atrevas, Luc Sarrazin! –gritó Star contra el viento, furiosa por la obstinación del hombre, ese indefinible rasgo masculino que no podía contenerse ante los desafíos.

Y en esa décima de segundo, con metálica protesta, el resto del andamio se vino abajo con ensordecedor estruendo, obligando a Luc a retroceder a toda prisa.

Star entró dentro de la casa. Luc la siguió a la cocina y se dirigió al aparador donde estaba el teléfono.

–¿De quién es esta horrible casa gótica? –preguntó con un tono plano que dejaba ver el ejercicio de contención que estaba haciendo–. Tengo toda la intención de demandarlo.

–Las últimas noticias que he tenido es que Carlton estaba en una isla del Caribe arreglando motores de barco para los de allí. Es más pobre que un ratón de iglesia –dijo ella con pesar.

–Esa estructura estaba en un estado muy precario y peligroso…

–Sí. Yo sabía que tarde o temprano habría un accidente.

El maravilloso acento de Luc era tan cerrado, que parecía raspar las terminaciones nerviosas de Star como un trozo de tweed sobre la más suave de las sedas. Estaba furioso, escandalizado por la irresponsabilidad del dueño, por no mencionar que aquella situación lo mantendría aislado en aquel ruinoso lugar en medio de ninguna parte. Star vio la mirada dura como el granito que Luc lanzó a su alrededor y los sentimientos más extraños comenzaron a brotar dentro de ella.

En aquel momento, Luc parecía tan humano en su furia y su exasperación, que despertó en ella una emotiva marea de cálida comprensión hacia él. El control de sus emociones estaba tan arraigado en él, que no podía permitirse gritar y salir de allí hecho una furia como habría hecho cualquier otro.

–Siento mucho todo esto… –dijo Star, suspirando pesadamente.

Luc levantó una vela para ver los números del teléfono.

–Esto es medieval –se quejó con incredulidad–. ¿Es que la tormenta ha dejado inhabilitado el sistema eléctrico?

–No. La luz no funciona aquí. Todo el castillo necesita nueva instalación eléctrica, pero Carlton no puede permitirse las reparaciones. Sin embargo, el teléfono sí funciona.

Vio cómo Luc golpeaba los números con un imperioso dedo índice. Llamaría para pedir otro coche. Cuando saliera de allí, no volvería a verlo, pensó Star, que se quedó inmóvil al darse cuenta de las implicaciones. Era como una adicta a la que estaban obligando de pronto a enfrentarse a los amenazantes horrores de una existencia sin la sustancia deseada. Y la sensación de pérdida total era tal, que habría querido encadenarlo a la pared para estar junto a él un poco más. Aunque lo cierto era que no tenía que encadenarlo. Él mismo le había ofrecido una ampliación de tiempo.

¿Por qué le había pedido que pasara una noche más con él? ¿Sería un regalo que se hacía a sí mismo o el castigo que quería para ella? Dios, aquella única noche juntos debió de ser algo razonablemente aceptable para él, pues si no Luc no estaría allí pidiéndole que pasara con él otra noche; pidiéndolo de la única forma que sabía… negociando desde una posición de intimidatoria superioridad. Desnudando el acto de toda emoción, previendo cualquier posible complicación futura, y al tiempo con una notable falta de previsión que supondría arriesgarse a sufrir esas mismas complicaciones. Una oleada de ternura la invadió por dentro: Luc se estaba comportando de forma poco usual.

–¿Por qué me miras así? –preguntó Luc, frunciendo el ceño–. ¡Este teléfono hace cosas raras!

–Es por la tormenta… cuelga e inténtalo de nuevo –aconsejó ella suavemente.

Una noche más, se dijo. Sería simple y llanamente darse un estúpido capricho. No buscaría excusas. No era sensato, pero amar y desear a Luc Sarrazin nunca lo había sido. Al día siguiente, tendría que enfrentarse al divorcio y al hecho de que no estaban destinados a estar juntos.

Luc le estaba diciendo a alguien al otro lado de la línea que quería que una limusina lo recogiera lo antes posible.

Torpemente, apenas consciente de la decisión que había tomado, e instantáneamente aterrorizada de que, si seguía meditando, pudiera cambiar de idea al final, Star se aclaró la garganta antes de hablar.

–Mañana por la mañana… –lo contradijo con voz ronca–. No necesitarás esa limusina hasta mañana por la mañana.

Capítulo 3

L UC cazó al vuelo la implicación.
Star había cambiado de opinión. ¿O tal vez solo
había estado jugando con él todo el tiempo? Su
esbelto y potente cuerpo se puso tenso. Al otro lado del
teléfono, su chófer le estaba pidiendo la dirección. Totalmente inexpresivo, Luc se la facilitó, pero sus pensamientos estaban a años luz de la tarea. Después, colgó
el auricular con un movimiento controlado.

Sin embargo, Star estaba inmóvil como un animalillo
que huele la presencia de un depredador. Una imagen
muy apropiada, pensó él abstraídamente. Solo quería
quitarle aquellas absurdas ropas y disfrutar de una buena
sesión de sexo puro y duro con el que no había fantasea-
do desde que era un adolescente. Pero aunque ya notaba
cómo bullía la sangre por sus zonas bajas, una innata
cautela hacía que se contuviera.

—Mañana nos separaremos.

—Perfecto... los dos podremos empezar de nuevo
—señaló Star temblorosamente.

Star se dijo que era lo que necesitaba. La oportunidad de poner punto final a su desastroso matrimonio, de
rescatar el poco orgullo que pudiera conseguir a expensas de Luc: era él quien se lo había pedido, no ella. Eso
era lo más irónico. De repente ella tenía el poder. ¿Por
qué no aprovecharlo? En respuesta a tan desafiante pregunta, se tensó mientras buscaba una razón por la que
no debiera hacerlo.

—¿Estás con alguien ahora? —le preguntó.

–No –respondió él con sequedad.

Con los ojos velados, Star dejó escapar el aliento lentamente. De modo que su amante, Gabrielle Joly, que tantas noches insomnes le había causado, por fin había sido abandonada. Aliviada, levantó la cabeza.

Luc estaba quieto como una estatua de hielo, sus atezados y devastadores rasgos ilegibles. En el momento que echó a andar hacia ella, el corazón de esta empezó a martillearle dentro de las costillas.

–Y dime… ¿duermes hecha un ovillo junto a la chimenea aquí, como Cenicienta? –preguntó Luc perezosamente.

–No… bueno, lo hice en invierno porque en mi habitación hacía mucho frío.

Él extendió las manos hacia ella con sumo cuidado, como si temiera que un movimiento abrupto pudiera asustarla. Y no estaba equivocado, pensó Star. La tensión nerviosa hacía que todos sus músculos estuvieran tirantes. De repente se le había ocurrido que había una gran diferencia entre colarse en la cama de Luc cuando este dormía… e invitarlo a su propia cama cuando estaba despierto y era dueño de su control.

–¿Luc…?

–No hables… –Luc la hizo callar posando su dedo índice sobre sus labios entreabiertos con sedosa delicadeza.

Star se estremeció. El simple contacto de sus dedos despertó el intenso deseo contra el que había luchado cada día los últimos dieciocho meses. Posó sus ojos aguamarina en su delgado y tostado rostro con una súbita llamarada desafiante.

–No dejaré que vuelvas a hacerme daño…

–Nunca quise hacerte daño –masculló él entre dientes, los ojos negros y profundos llameantes como oro fundido.

¿Y qué otra cosa podía haber hecho cuando no la amaba?

–Todo pertenece al pasado –dijo Star, más para sí que para él.

Luc recorrió con sus fuertes dedos las exóticas mejillas de ella y atrajo la lozana boca a la suya. Deslizó a continuación las manos por los delgados hombros para acercarla a él, y Star sintió que la cabeza le daba vueltas de pura expectación. La boca de Luc encontró la suya, y por espacio de un segundo se dejó llevar por la calidez hambrienta de sus labios. Una aterradora excitación recubierta de una innegable ansia recorrió su menudo cuerpo. Le rodeó los anchos hombros con los brazos y se apretó contra los músculos duros de su portentosa fisionomía, dejando escapar un gemido ahogado de deseo.

Él la colocó sobre algo duro, pero ella no se encontraba en situación de preocuparse por dónde estaba. Lo único que le importaba era seguir en contacto con él, que con un beso había logrado incendiarla. Ardía por dentro, el corazón le martilleaba en el pecho cuando él introdujo los dedos en la sedosa mata de cabello cobrizo al tiempo que su lengua invadía más profundamente su boca con movimientos descarnadamente sexuales.

En la cúspide de aquel explosivo ataque de pasión, Luc apartó los labios de ella y arrastró la mirada por su cuerpo enfebrecido.

–*Diabolique*… murmuró él con voz pastosa–. Estás encima de una mesa…

¿Y qué?, gritó una voz impaciente dentro de ella. Star extendió las manos hacia él al ver que levantaba la cabeza e, introduciendo los dedos en el cabello negro, lo empujó hacia ella. Con un entrecortado gemido de apreciación masculina, Luc unió su sensual boca con la de ella nuevamente al tiempo que sus manos descendían hasta la base de su espina dorsal y deshacía de un tirón el nudo que ataba su top.

Tomándola en brazos, levantó la oscura cabeza con el pelo revuelto y las mejillas sonrosadas.

–¿Dónde está el dormitorio?

Star parpadeó sorprendida. Estaba en otro mundo, en uno en el que el lenguaje y el sentido común no existían.

Luc abrió la puerta de la cocina con el codo.

–¿El dormitorio?

–Primera puerta a la derecha… no, ¡a la izquierda! –su cuerpo palpitaba de tal forma, que no podía ni pensar.

Luc introdujo la punta de la lengua en su dulce boca con un provocativo movimiento haciendo que se retorciera instintivamente.

–Tienes una boca deliciosa, *mon ange*.

El sol se estaba poniendo, un intenso chorro de luz entraba por la ventana en la pequeña y desordenada habitación. Luc la depositó en un lado de la cama. El corazón de Star latía sin control. Lo miró detenidamente con apasionada intensidad. Sus delgadas y duras facciones estaban a media luz. Las mejillas tensas, los ojos del color de la medianoche, la nariz recta, arrogante y la mandíbula, implacable.

Lo contempló mientras se quitaba la chaqueta de corte impecable, se soltaba la corbata y se deshacía de la camisa blanca de algodón. Se quitó todas las prendas con la tranquilidad con la que lo hacía todo. Sin embargo, Star se estremeció y un insidioso calor comenzó a subir desde lo más profundo de su ser al ver el bronceado torso musculoso, la satinada piel que le cubría el estómago plano. La fuerza de su deseo la sacudió de lleno.

–Me encanta tu cuerpo –susurró ella, enlazando los dedos, tensa por la expectación y los nervios.

–Eso me corresponde decirlo a mí –dijo Luc, dirigiéndole una mirada incómoda.

Star frunció el ceño consternada, tomando sus palabras en sentido literal.

–Nadie asigna a nadie lo que debe decir, ¿no crees?

–Nadie dice que tengamos que hablar, ¿no crees? –amenazado por la idea, Luc avanzó hacia ella y la levantó. Los extremos del top suelto se separaron y las manos de Luc atenazaron las de Star. El aire chisporreteaba en el silencio. Luc clavó la mirada en sus turgentes pechos desnudos terminados en sendos pezones sonrosados y henchidos que se estremecían con la respiración acelerada de ella. Una oleada de color tiñó el rostro de Star, que trataba de superar su timidez con todas sus fuerzas.

–Sensacional… –de pronto, Luc le estaba sacando la prenda por los brazos y haciéndola retroceder sobre la cama no con su calma habitual, cosa que Star encontró inmensamente gratificante.

–Dilo en francés –lo conminó ella sin aliento–. Dímelo todo en francés.

–Trata de contener la necesidad de decirme lo que tengo que hacer.

Star le lanzó una dolida mirada de confusión.

Luc la alzó un poco y la colocó sobre los almohadones para que estuvieran a la misma altura. La excitación asomó a su rostro, afilada como una navaja, pero el dolor no se iba. Luc cerró una mano tranquilizadora sobre los dedos rígidos de ella, obligándola a soltar el borde del edredón al que se aferraba con ferocidad.

–Solo trata de callarte –le rogó–. No hables… cuando hablas, me vuelves loco.

Lentamente, Star asintió. Los ojos relucientes de Luc la recorrieron al tiempo que inspiraba entrecortadamente.

–Siempre dices cosas inadecuadas –continuó.

Star sintió el escozor de las lágrimas tras las pestañas que cubrían sus ojos.

Luc la miró con frenética frustración. Allí estaba ella, tumbada como una muerta, inmóvil como si estuviera siendo ofrecida en sacrificio. Él le acarició las mejillas con dedos temblorosos y añadió, contradiciéndose desesperadamente:

–Yo siempre digo cosas inadecuadas.

Star abrió sus preciosos ojos y asintió con gesto comprensivo.

Sin dudarlo un segundo más, Luc capturó sus labios con enérgica pasión. Y ella dejó de pensar, como si él hubiera apretado el botón correcto. Él se deslizó ágilmente por la cama y cerró los labios con anhelo sobre uno de los turgentes y tiernos pezones sonrosados. Ella ahogó un gemido y se removió, estirando cada músculo instintivamente, y al instante estalló nuevamente en llamas. La atormentadora sensibilidad de su propia carne la hizo gemir descontroladamente y su cuerpo se derritió como si fuera miel.

–Quiero saborearte… –murmuró Luc entrecortadamente, quitándole la falda, y lamiendo con una devastadora sensualidad el cuerpo femenino.

No había escapatoria posible a la descarnada fuerza de su propio deseo. Con el corazón latiéndole con violencia, echó la cabeza hacia atrás cuando él encontró el húmedo centro femenino, y soltó un profundo gemido. Estaba fuera de sí de excitación, perdida en el acto de dominación de un experto en sensualidad, cada vez más frenética conforme el acuciante dolor sordo que solo él podía calmar crecía y crecía en su interior. Clavó las uñas en los hombros de él en un ataque de salvaje pasión mezclada con impaciencia.

–¡Luc! –sollozó llena de desesperación.

Él se puso encima de ella y se deslizó entre sus temblorosos muslos. Ella estaba ansiosa por acogerlo. El fuego la consumía. Él se hundió en ella con una única y poderosa embestida. La sensación de placer fue tan grande que ella estuvo a punto de desmayarse al alcanzar el clímax. Nunca antes había sentido algo tan fantástico. Parecía no tener fin y sintió con desesperación la necesidad de alargar las sensaciones todo lo posible. Fuera de todo control, dejó que el arrebato de atormentadora excitación se apoderara de ella hasta llevarla jadeante y sin sentido a la cumbre.

Cuando todo terminó, lo primero que le llamó la atención fue el silencio. Luc aún la tenía en sus brazos, amoldando su cuerpo húmedo y musculoso al de ella mucho más pequeño y frágil. Por un momento se permitió el lujo de paladear la sensación de intimidad y cercanía. Y al momento su mente recuperó la cordura, y con desesperación reconoció su debilidad.

–Star... –susurró Luc con indolente tono de saciedad–. Nunca antes había experimentado algo así.

Ella esperaba que nunca volviera a experimentarlo. De hecho, esperaba ser para él un recuerdo tentador hasta el día de su muerte. Así, reuniendo toda la fuerza de voluntad que poseía, se obligó a apartarse de él. Súbitamente, Luc la agarró y la atrajo hacia él. A la tenue luz, sus ojos oscuros y brillantes estudiaron el rostro triangular, sonrojado tras el orgasmo, sus ojos aguamarina.

–Ya puedes hablar –murmuró él, casi en broma.

–No hay nada que decir –respondió ella. En otro tiempo le habría dicho que lo amaba. Y el recuerdo la hizo sobrecogerse de dolor.

Luc se apoyó sobre un codo, y la miró.

–Star...

–Hemos dejado las velas encendidas en la cocina –dijo ella, zafándose de él antes de que este pudiera adivinar sus intenciones. Star buscó frenéticamente el top que había quedado sobre la silla y se levantó, ansiosa por huir de allí.

En la cocina se puso a temblar, helada como un témpano lejos de él, y más aún si pensaba en el futuro. ¿Y cómo se atrevía a decirle que era el mejor sexo que había tenido en la vida?

Sintió la angustia que se cernía sobre ella, pero se apartó. Regodearse en la tristeza no arreglaría las cosas. Se obligó a colocar la comida que había llevado Rory. La prosaica tarea la ayudó a bajar de las nubes. Ya era hora de enfrentarse a la verdad que tanto tiempo había pasado intentando evitar. Luc nunca había deseado casarse con ella. Tan solo se había visto obligado.

El invierno en que murió el padre de Luc, Star había disfrutado del largamente esperado reencuentro con su madre. Solo un hecho extraño ensombreció la reconciliación. Juno odiaba a la familia Sarrazin y quería que Star abandonase Francia. Pero esta, locamente enamorada de Luc, se sentía incapaz de marcharse.

Entonces, durante una visita por sorpresa, Juno quedó horrorizada cuando pilló a su hija en brazos de Luc. Acusándolo de aprovecharse de la ingenuidad de su hija adolescente, Juno había amenazado con armar un escándalo. Así, decidido a evitarle a su enfermo padre el dolor de tan sórdida publicidad, Luc había insistido en que se casarían. Era irónico, pero la boda solo le había causado aún más indignación a Juno.

Sin embargo, Star se había embarcado en aquel matrimonio de conveniencia con una intención oculta. Sinceramente había creído que, rezando mucho e intentándolo con todas sus fuerzas, podría hacer que Luc se enamorara de ella. Ella misma se había provocado todos los sufrimientos que había padecido.

Dueña nuevamente de sus emociones, Star volvió a la habitación y se quedó junto a la puerta, esforzándose por aparentar tranquilidad. Luc estaba repanchingado en su lado de la cama, su piel dorada contrastaba contra las sábanas blancas. El corazón de Star dio un vuelco traicionero. Esperó a que levantara la cabeza y dijera algo, pero al no hacerlo, se acercó lentamente. No podía creer lo que veía. ¡Se había quedado dormido! ¿Claro que cuándo habría sido la última vez que había dormido? Luc llevaba siempre una agenda muy apretada. Seguro que habría tenido que buscar un hueco para ir a Inglaterra. Y para ello se habría pasado trabajando la noche anterior, por lo que en ese momento, después de aliviar las tensiones con una buena sesión de sexo sin compromiso, había cedido por fin al agotamiento. ¡Qué conmovedor e inusitadamente humano! Se sorprendió ante la tentación de despertarlo.

Negándose a seguir tan degradante deseo, Star se sentó en la cocina con una vela. No confiaba en sí misma si volvía a la cama con él. Con él, hacía cosas que jamás habría soñado hacer con otro hombre. Aunque por supuesto, esa vez solo se trataba de su magnetismo sexual, su atractivo físico, y su hermoso y ágil cuerpo. En otras palabras, sexo, y él era muy, pero que muy bueno en eso; esa era la única razón por la que aún sentía la tentación de...

La limusina llegó a las ocho de la mañana. El chófer le entregó un portatrajes y una pequeña maleta y se volvió al coche. Ella llevó el portatrajes y la maleta a la habitación regresó a la cocina a esperar.

Ya había dado el desayuno y vestido a los pequeños. Con un poco de suerte, tal vez el recuerdo de los dos preciosos bebés despertaran la vena paternal de Luc. Cuando comenzaran con el proceso de divorcio, tendría que buscarse un abogado. Y entonces le diría que le dijera al abogado de él que los mellizos eran sus hijos. No veía motivo para enfrentarse cara a cara con Luc en ese momento. Sería mucho mejor que la noticia se la diera una tercera persona.

Justo en ese momento, oyó los pasos de Luc por el pasillo. La tensión aumentó hasta el punto de sentirse mareada. Esbozó una resplandeciente sonrisa cuando Luc entró tan inmaculado y elegante como si saliera de su despacho en el banco Sarrazin en París. Traje gris marengo, corbata de seda de color vino y camisa también de seda en un tono pálido. Estaba espectacular y muy intimidatorio.

—Deberías haberme despertado antes —dijo él, arrastrando las palabras suavemente.

—¿Quieres desayunar? —preguntó ella, aferrándose valerosamente a su sonrisa.

–Estoy bien, gracias –Luc consultó el reloj–. Si estás lista, deberíamos salir para Londres ya.

El horrible silencio pareció estirarse, pero Luc no pareció afectado. Como tampoco pareció afectarle la incomodidad de Star. Luc estaba en realidad muy lejos de allí. Nada de calor o intimidad. Como si la noche anterior no hubiera tenido lugar. Y Star, que se creía preparada para aceptar lo que pudiera decirle, no parecía capaz de digerir aquel absoluto rechazo.

–¿Crees que quiero seguirte a todas partes o algo así? –preguntó ella abiertamente.

Luc se quedó inmóvil, pero no sin antes hacer una mueca de disgusto.

–¡Ya he superado lo nuestro! –le espetó ella, roja de furia y dolor.

–No tenemos tiempo para una escena –murmuró Luc sin alzar la voz.

–¡Decir cómo me siento no es hacer una escena! –exclamó ella apretando los puños en actitud defensiva.

–¿Y no se te ha ocurrido que puede que no me interese cómo te sientes? –dijo él, enarcando una aristocrática ceja.

Aturdida, el rubor de la furia dio paso a la palidez. Al darse la vuelta, Luc apretó sus blancos dientes. La brillante sonrisa con la que lo había saludado lo había puesto furioso. La Star de antes se habría mostrado tímida. Involuntariamente recordó la dulzura salvaje con que le había respondido la noche que consumaron su matrimonio. Su cuerpo reaccionó con una feroz excitación, enfureciéndolo aún más.

Para castigarse, se concentró en el viejo parque infantil y en sus diminutos ocupantes. Los dos lo miraban con sorprendente intensidad. El más pequeño, con su explosión de rizos cobrizos que chirriaban frente al color rosa de su ropa, le dirigió una desdentada sonrisa. Tan esperanzada y tierna fue, que a punto estuvo de devolvérsela a pesar de su estado de ánimo. Se centró entonces en el niño, con sus solemnes ojos oscuros y su actitud un tanto inquieta, y se sorprendió pensando en lo guapos que eran. Apartó rápidamente la vista, pero no antes de recordarse que aquellos niños no eran responsabilidad suya.

Star se giró nuevamente, decidida a hacerse valer, por mucho que la actitud de Luc le doliera.

–Lo pasamos bien anoche. Solo fue sexo. Lo sé. Pero fue mi forma de decirte adiós. No dejaré que me trates como si solo hubieras tenido conmigo un sórdido revolcón de una noche.

Luc la estudió con sus profundos ojos, pero no dijo nada. Star cuadró sus delgados hombros.

–Lo creas o no, me alegra que vayamos a divorciarnos. Ahora hay alguien que se preocupa por mí y por fin seré libre para disfrutar de nuestra relación. Él sí tiene corazón e imaginación… y también habla.

La mirada entornada de Luc le heló los huesos.

–¿Has terminado?

Star apretó los dientes y se giró, preguntándose por qué se habría molestado en tratar de explicarle nada.

–Iré a por las sillas de los niños…

–¿Es que piensas llevarlos con nosotros?

–¿Y qué quieres que haga con ellos? –preguntó ella, realmente atónita.

Estaba claro que a Luc no se le había ocurrido. Claro que, en su mundo, los niños quedaban siempre al cuidado de una niñera.

–No se te ha ocurrido pensarlo, ¿verdad? –preguntó con tono fulminante–. Allí donde yo voy, Venus y Marte vienen conmigo.

–¿Venus… y Marte?

–Juno les puso esos nombres cuando estaban en la incubadora –no le gustó el tono defensivo que adquirió su voz–. Sé que son un poco extravagantes, y por eso puse Viviene y Max en sus certificados de nacimiento, pero Venus y Marte les dieron buena suerte cuando tanto la necesitaban.

–Venus y Marte –repitió él con sarcasmo.

Roja de cólera otra vez, Star pasó a su lado en dirección a la habitación de los niños. Al salir, Luc le quitó las dos sillas de coche.

–Yo las llevaré fuera.

Star se esforzó por no mirar a Luc durante el trayecto, aunque era terriblemente consciente de su poderosa presencia. Parecía que el círculo de su relación se había cerrado finalmente. Luc la llevaba a ver a Emilie Auber y después tenía la intención de salir para siempre de su vida. Su mente retrocedió a su fatídico primer encuentro once años atrás…

Cuando su padrastro, Philippe Roussel, murió, ella solo tenía nueve años. En su testamento había nombrado a Roland Sarrazin su tutor. Cuando aquello ocurrió, Juno y ella sobrevivían en México haciendo cola para recibir alimentos gratis. Philippe había sido un hombre encantador, pero adicto al juego. Solo después de muerto Juno fue capaz de admitir, avergonzada, que ya estaba embarazada cuando conoció a Philippe.

Roland Sarrazin había enviado a Luc a México a buscarlas. Juno se sentía fracasada como madre. Años después, cuando madre e hija se reunieron tras su larga separación, esta le explicaría a Star que sin trabajo, ni dinero había creído que lo mejor era enviarla con los Sarrazin mientras ella se labraba un futuro antes de reclamarla de nuevo. Lo que nunca habría imaginado era que tendrían que pasar nueve años antes de volver a ver a su hija. Y Juno aún guardaba rencor a los Sarrazin por ello.

Luc tenía veinte años por entonces, pero ya hacía gala de una autoridad y una madurez impropias de su edad. Star se había quedado esperando fuera de su destartalado apartamento de una habitación mientras él hablaba con su madre. Y poco después, se había encontrado acompañando a Luc de vuelta a Francia en un avión.

Luc no tenía ni idea de cómo hablar con una niña, pero sí se había esforzado por mostrarse amable y tranquilizador. Le había descrito Chateau Fontaine, su fabulosa casa del siglo XVII situada en el valle del Loira, en la que parecía que ella iba a vivir con él y su familia.

Pero, al llegar, el aire de gélida desaprobación del padre de Luc la había asustado y confundido. Su único comentario fue lo increíblemente insulsa que era, y la hermosa madre de Luc, Lilliane, no le había mostrado más atención que el que habría mostrado con un gato callejero.

Al día siguiente, Luc la había llevado a Londres a casa de Emilie. La mujer la había recibido con los brazos abiertos, limonada y galletas caseras.

Emergiendo de sus recuerdos, Star se encontró contemplando los rayos de sol que se colaban atenuados a través de los cristales tintados, resaltando el brillo del pelo negro, ensombreciendo su implacable mandíbula y acentuando la longitud de sus pestañas. Una delgada mano bronceada descansaba sobre el extremo del escritorio que había dentro del coche, mientras trabajaba con el portátil y hablaba por teléfono al mismo tiempo. Dios santo, hasta sus manos eran hermosas, pensó Star, respirando profundamente en un intento por tranquilizarse.

Se oyó entonces el zumbido de un teléfono. Luc levantó su arrogante cabeza, y frunció el ceño al darse cuenta de que el teléfono que sonaba no era el suyo. Star metió la mano en su bolso de gran capacidad y sacó el móvil que Rory le había regalado en su último cumpleaños.

–¿Star? ¿Dónde estás? –preguntó Rory con inquietud–. Pasé por ahí esta mañana y vi ese coche enterrado bajo el andamio. Temía que te hubiera ocurrido algo.

–Oh, no, estoy bien… de verdad, Rory –Star sonrió

con determinación, contenta de tener algo que la distrajera de Luc. Tenía que concentrarse en Rory, un hombre cariñoso y estable, que probablemente no buscaría jamás la compañía de una amante espectacular como una supermodelo–. Luc me lleva a visitar a Emilie. Salí muy deprisa esta mañana y se me olvidó llamarte –Star vaciló ligeramente ante el enervante recuerdo de Gabrielle Joly.

–¿Cuándo volverás?

–Pronto… –levantó la vista y se encontró con los ojos de Luc, fríos y oscuros como el río Estigia, y tragó con dificultad–. Escucha, te llamaré cuando vuelva. Cocinaré –se ofreció de improviso.

Lo del novio era historia ya, decidió Luc sin dudar. Una relación en la que ni la fidelidad ni la lealtad parecían tener lugar no le venía bien. Y si ella no era capaz de verlo, tendría que ocuparse él de que lo hiciera. Lo que Star necesitaba era empezar de nuevo. Por esa razón, le daría su apoyo financiero a condición de que Rory saliera de su vida. Por su propio bien y por el de los niños, Star tendría que aprender a llevar una vida más tranquila y convencional, pensó Luc con lúgubre satisfacción.

Pero ella había cambiado. La noche pasada había estado esperando que le dijera que aún lo amaba. no podía entender por qué el hecho de que no hubiera hecho lo que él definitivamente no había deseado que hiciera habría de irritarlo de esa manera. Deliberadamente, Luc rescató algunos purgantes recuerdos de su efímero matrimonio. Star llamándolo a cada hora; Star leyendo poesía durante el desayuno; Star esperándolo cada noche a que llegara, aunque fuera ya de día; Star extraordinariamente sensible y vulnerable, pero sutil como un tanque, y aun así tan increíblemente amorosa y generosa…

Su velada mirada se heló ante la reflexión final. ¿Con cuántos hombres se habría mostrado así de amorosa y generosa en los últimos dieciocho meses?

En ese momento, la limusina se detuvo delante de la

pequeña vivienda en una zona residencial en la que Emilie había vivido durante más de cuarenta años.

–¿Nos espera Emilie? –preguntó Star incómoda.

–*Bien sûr*… La llamé antes de llegar a tu casa anoche –Luc observó cómo Star se inclinaba hacia delante con la evidente intención de desabrocharle el cinturón a la niña–. ¿Por qué no dejas a los niños aquí durmiendo? Mi chófer los vigilará. No creo que vayamos a tardar mucho.

–Pero…

–De hecho, imagino que te sentirás aliviada cuando termine esta reunión.

Star se puso rígida.

–Quiero mucho a Emilie. Puede que esté disgustada y avergonzada por lo sucedido, pero aun así tengo muchas ganas de verla.

Su afirmación no pareció impresionarlo. Star alzó la barbilla. Emilie ya estaba esperando en la puerta, una mujer alta y delgada con el pelo blanco y un cutis extremadamente fresco para una mujer de setenta y dos años.

–Me puse muy contenta cuando Luc me dijo que vendría contigo –la saludó Emilie con un cariñoso abrazó y susurró–: Menos mal que por fin le has contado lo de los mellizos.

Mientras ella enrojecía al comprender el malentendido por parte de la mujer, Emilie se acercó a la limusina a echarle un vistazo a los bebés.

–Espero que se despierten antes de que tengáis que marcharos.

En la acogedora salita, Star se sentó enfrente de Emilie.

–Me enfadé mucho cuando me enteré de que mi contable te había metido en esto, Luc –confesó Emilie, desconcertando a los dos.

–No me ha metido, Emilie… y Hodgson solo hacía su trabajo.

–Pero es que no ha entendido bien lo que ocurre. Yo

le ofrecí a Juno mi dinero. Ella no me lo pidió y no quería aceptarlo. Yo la convencí para que aceptara mi ayuda. Y ahora que la galería se ha hundido, aunque no haya sido culpa suya, ¡no dejaré que persigas a esa pobre mujer como si fuera una delincuente!

Aquella enérgica defensa de su madre tomó a Star por sorpresa. Aunque los rasgos atezados y devastadores de Luc no traicionaron reacción alguna.

–Juno es una mujer amable y decente que ha llevado una vida difícil y ha tenido mala suerte –añadió Emilie con decisión.

Con los ojos acuosos, Star extendió la mano y apretó la de Emilie en un gesto de sincera gratitud.

–Mi madre tiene buena intención… siempre… pero nunca parecen salirle bien las cosas –dijo con voz temblorosa.

–Ni a nadie que esté cerca –murmuró Luc con aspereza.

–Sé que no debería haber salido huyendo así –reconoció Star con tirantez, ignorándolo.

–Pero es que Juno no salió huyendo. Vino a verme antes –Emilie sonrió con ironía al recordar–. Llena de ideas locas sobre cómo salvarnos de la ruina a las dos… bendita sea. ¡Lo intenta con todas sus fuerzas!

–¿Bendita… sea? –Luc contempló a la anciana como si fuera deficiente intelectual.

–Un artista muy conocido había acordado con ella exponer su obra en la galería la noche de la inauguración –explicó Emilie con un suspiro–. Sin embargo, el mes pasado se echó atrás. Me temo que los demás artistas hicieron lo mismo. Para entonces había gastado todo el dinero en montar la galería y en la campaña publicitaria. No fue culpa suya.

–Solo Juno podría salir de un fiasco así sin problemas –comentó Luc fríamente.

Star se estremeció. Luc miró a Emilie a los ojos y esbozó una sonrisa tranquilizadora.

–Sin embargo, es un alivio saber que no estás tan disgustada como me había temido, Emilie –continuó él–. Y, créeme, no tienes de qué preocuparte. Como Juno es mi suegra, restituiré el dinero perdido.

–No podría dejar que hicieras algo así, Luc –dijo Emilie, frunciendo el ceño.

–Claro que puedes –Luc no se tomó sus palabras en serio.

Pero, consciente de la incomodidad de Emilie, Star observaba a la mujer con preocupación.

–Esto es un asunto familiar –señaló Luc con impresionante convicción.

–¿De veras? –Emilie frunció los labios–. Las familias viven juntas y se apoyan mutuamente, Luc. Pero Star y tú habéis estado separados mucho tiempo. En esas circunstancias, ¿cómo voy a dejar que repongas el dinero que le presté a Juno? No puedo pensar en ella como tu suegra cuando sé que tu matrimonio debe de haber terminado.

Un silencio en el que podría haberse oído caer un alfiler se había extendido durante el razonamiento de Emilie. Que la mujer hablaba en serio estaba claro.

Star miró de reojo a Luc. Su pronunciado silencio sugería que se había quedado tan atónito con el desarrollo de las cosas como ella. No se le había ocurrido que Emilie, quien invariablemente estaba de acuerdo en todo lo que él hacía y decía, pudiera rechazar de plano su ofrecimiento. ¿Y por qué lo estaría rechazando? Emilie creía que su matrimonio roto significaba que no podía considerar la deuda de Juno como un asunto familiar ni tampoco responsabilidad de Luc.

–Al contrario, Emilie –replicó él con ojos brillantes, los sensuales labios curvados en una leve sonrisa–. Nuestro matrimonio no ha terminado. Star y yo íbamos a decirte que vamos a intentar una reconciliación.

Capítulo 4

STAR se quedó inmóvil como si la hubiera atravesado una racha de viento polar, la mirada fija en el marcado perfil masculino mientras él centraba su atención en Emilie. ¡No podía dar crédito a lo que estaba oyendo! Luc tenía fama por sus nervios de acero y su rapidez de reacción en momentos de crisis. ¿Cómo podía un hombre de renombrada inteligencia, cautela y control como Luc anunciar semejante locura?

–¡Es la mejor noticia que he oído jamás! –con una súbita sonrisa de sorpresa y complacencia, Emilie se estiró y le tomó la mano a Luc mientras extendía la otra expectante hacia Star.

–Star… –instó Luc, probablemente con el mismo tono imperioso que emplearía con algún empleado perezoso del banco.

Pero Star se quedó mirando con fijeza la mano extendida de Emilie consciente de que no era capaz de mover un músculo. Sabía perfectamente qué era lo que Luc estaba intentando. ¿Pero cómo pensaba llevar a cabo con éxito semejante engaño? Fingir que iban a darse otra oportunidad exigiría una interpretación mucho más convincente de lo que Luc creía.

Sin duda, este creía que solo estaba diciendo una mentirijlla sin importancia. Claro que lo que él no sabía era que Emilie y Star mantenían un contacto demasiado cercano como para que el engaño funcionara. Y a Star no le gustaba la idea de tener que romper ese contacto con la mujer para guardar las apariencias.

Star se cruzó con la intimidatoria mirada de Luc instándola a levantarse y hacer su papel. Al ver que no se movía, se inclinó sobre ella y, poniendo su mano libre en la suya, la levantó literalmente.

–Me alegro tanto por los dos –Emilie abrazó cariñosamente a Star–. Aunque no me gusta mucho eso de que es una prueba, Luc, especialmente con los niños…

Star pareció recobrar la vida y se apresuró a interrumpirla dándole un beso en la mejilla.

–Lo siento, pero de verdad tenemos mucha prisa, Emilie. ¡Ya sabes cómo es la agenda de Luc! Espero que le permitas solucionar este pequeño problema económico.

–Claro que lo hará –aseveró Luc.

–Sí, y después iré a Francia a visitarte –anunció Emilie con sonrisa expectante sin percatarse del gesto de aturdimiento de Star–. Ahora sí que estoy deseando pasar el verano en Chateau Fontaine con Star y esos preciosos niños…

–Dios mío, Emilie, tenemos que irnos… te quiero. ¡Hasta pronto! –exclamó Star frenéticamente, tirando a Luc de la manga con desesperación para sacarlo de allí antes de que la mujer acabara desvelando la paternidad de los niños.

–Volaremos de vuelta a Francia esta noche –dijo Luc sin más, ya en la limusina.

–Perdona… ¿cómo dices?

–Has oído lo que he dicho –dijo Luc con sequedad.

–¡No pienso ir a Francia contigo solo porque nos has metido en un lío con esa estúpida mentira!

–Yo no lo llamaría una «estúpida mentira», *mon ange*. Era la única opción. Si Emilie no accedía a que remplazara el dinero perdido, se quedaría sin hogar antes del final del mes. Sin los ingresos provenientes de las inversiones que le entregó a Juno ni siquiera puede pagar el alquiler, mucho menos mantenerse con las comodidades mínimas.

–Pero…

–Por una vez… piensa con ese cerebro tuyo –advirtió él, ceñudo–. Está en esta situación por culpa de tu madre. Emilie es muy orgullosa, y puede que se haya mostrado valiente delante de ti, ¿pero cómo crees que soportará un cambio de vida tan drástico a su edad? La preocupación y la angustia acortarían su vida.

Star palideció; verdaderamente no tenían otra opción. Estaba atrapada.

–Puedes pasar el verano en Chateau Fontaine –continuó Luc sin alzar la voz–. Será un precio ridículo por la paz mental de Emilie. Yo me quedaré en el apartamento de París e iré de visita algún fin de semana. Emilie comprobará personalmente en poco tiempo que no me estoy ocupando de ti. Se sentirá decepcionada, pero estoy seguro de que lo comprenderá cuando decidas que quieres el divorcio.

–Estupendo… no solo tendré que pasar tres meses lejos de mi novio… sino que además tendré que ser yo la que pida el divorcio. ¡Pues no, gracias! –tenía los ojos brillantes de dolor–. ¡Idea algo mejor!

–Tendrás que pasar sin sexo tres meses. Sobrevivirás –dijo él, lanzándole una fría mirada.

Ella sintió un escalofrío de pura ira.

–Seamos francos –continuó Luc en tono cortante como el cristal–. Tu vida es un absoluto desastre. Solo tienes veinte años y ya tienes dos hijos. ¿Dónde está el padre?

Con los ojos llameantes en un gesto desafiante, Star le devolvió la mirada.

–¿Acaso sabes quién es? –añadió Luc.

Con las mejillas enrojecidas, Star inspiró profundamente para calmarse. Quería gritarle, pero no quería despertar a los niños y asustarlos.

–¿Cómo te atreves a preguntarme eso?

Impertérrito, Luc enarcó una ceja.

–¿Eso es un sí o un no?

–Por supuesto que lo sé... ¡y me duele mucho que hayas podido sugerir que no lo supiera! –Star apartó la vista de él y miró a sus hijos–. Pero no fueron concebidos en lo que podría llamarse una relación larga y duradera...

–Así que fue en un revolcón de una noche –terció Luc con desprecio.

–Sí, supongo que esa es la descripción más adecuada –concedió ella con tono inestable–. No estaba planeado...

–De modo que llegaron por sorpresa. ¿No te parece una actitud muy irresponsable?

–Su padre también lo fue –señaló ella suavemente–. Y el motivo por el que no está ayudando económicamente es porque no sabe que me quedé embarazada.

Luc se encogió de hombros, señal de lo poco que le importaba el tema. La falta de curiosidad fue como una bofetada para Star, pero se limitó a alzar la barbilla.

–No puedo ir a Francia esta noche.

–Tienes que hacerlo –la contradijo él–. Recoge lo que necesites para esta noche. Haré que vengan a por lo demás mañana. No podemos permitirnos mostrar tal falta de interés al comienzo de nuestra reconciliación.

–Esto no hace sino empeorar... –gimió ella–. Nos estamos hundiendo más y más.

–Me temo que no tendrás tiempo para cocinar para Rory –sin previo aviso, la boca de Luc se curvó en una resplandeciente y carismática sonrisa.

El corazón de Star dio un vuelco. Aquella sonrisa inusual le aceleró el pulso. El color de su rostro fluctuaba cuando se cruzó con los asombrosos ojos de Luc, brillantes de diversión.

–A menos que hayas estado ensayando para mejorar tus habilidades culinarias, Rory tendría que quedar agradecido por la cancelación del plan –añadió Luc con suavidad.

Ante la referencia a un incidente que había ocurrido cuando estaban juntos, Star no pudo evitar que los ojos se le llenaran de lágrimas, saturada emocionalmente como estaba.

–¡Cómo puedes ser tan insensible!

–Después de anoche, no puedo creer que quieras mucho a ese tipo –murmuró Luc con fría y despectiva claridad.

Humillada con el recordatorio, Star apretó los puños y giró su brillante cabeza en un intento por recobrar la calma.

–Mi chófer te llevará a casa para que hagas el equipaje y después al aeropuerto para partir esta noche –dijo Luc minutos más tarde.

Sorprendida al oírlo, Star levantó la vista y se dio cuenta de que la limusina se había detenido fuera de la central del banco Sarrazin en Londres.

–Tengo que ocuparme de varias citas de negocios –continuó, los ojos fríos como el hielo–. Pero tal como me has pedido, se me ha ocurrido una explicación que satisfaga a Emilie cuando nuestro matrimonio fingido se desmorone de nuevo. ¡En esta ocasión, puedes decirle la verdad!

–Lo siento, pero no te…

–¿Acaso pensabas que no me he dado cuenta de que Emilie parece creer que tus hijos son míos? –preguntó Luc con sarcasmo.

Star no era capaz de mirarlo. Su reticencia a contarle la verdad sobre los niños había desembocado en aquel malentendido.

–Nunca eres capaz de ver la conclusión más probable de las cosas –añadió él con tono seco.

En ese caso no se equivocaba, y Star sintió la punzada de la culpa.

–¿Cómo lo has adivinado? –se oyó preguntar.

–Emilie no le habría dado la bienvenida a tus hijos si hubiera creído que yo no era el padre –señaló él.

Y una vez más estaba en lo cierto, tuvo que admitir Star.

–Cuales quiera que fueran las mentiras que emplearas en convencerla de ello son cosa tuya –continuó él–. Pero déjame advertirte que, aunque reconozco que Emilie se quedará muy sorprendida cuando le cuentes la verdad, no seguiré adelante con esa mentira, ni siquiera temporalmente. No me importa lo incómoda que puedas sentirte, no tengo intención de tomar parte en esa parte de la ficción.

–¡Pero todo el mundo pensará que soy una mujerzuela!

–Tú lo has dicho –murmuró él con frialdad letal.

Star lo contempló mientras salía del coche con la gracia de depredador y se dirigía a grandes zancadas a la entrada del banco. Se dio cuenta de que había sido una estúpida al dejar que Luc siguiera creyendo que los mellizos eran hijos de otro hombre, una estúpida por anteponer su propio orgullo ante un hecho innegable.

Cuando subió a bordo del jet privado, Star sujetaba a cada niño con un brazo. La vaporosa falda azul y el top corto se le pegaban a la piel húmeda después de correr por todo el aeropuerto. Luc se acercó a ella para recibirla enfundado en un traje muy formal de raya diplomática en tono azul y corbata de motivos geométricos. Estaba muy sexy. Una punzada de culpabilidad recorrió la espina dorsal de Star.

–¿Te das cuenta del tiempo que llevamos esperándote?

–Lo siento –dijo ella, deseando decir otra cosa, pero las enseñanzas de Emilie no habían caído en balde; le había enseñado a disculparse siempre por los retrasos.

Lo cierto era que había sido bastante pesado hacer el equipaje y cerrar el castillo en una tarde. Había telefoneado a Rory nada más llegar, y este se había acercado al castillo mientras ella estaba con los preparativos. Se había quedado destrozado cuando le había dicho que volvía a Francia con Luc. Sin darle tiempo a explicarle la situación económica en que había quedado Emilie, había salido furioso del castillo.

–¿Quién desconectó el teléfono del coche? –preguntó Luc con tono glacial.

–Yo. Te dije que estábamos en un atasco. No le veía el sentido de tener que darte parte cada cinco minutos.

Luc inspiró profundamente. Una mezcla de alivio y abierta exasperación se apoderó de él. La actitud despreocupada de Star se le hacía exasperante. Star podía decir que salía cinco minutos y no volver. Se distraía con mucha facilidad. Pero cuando el contacto con la limusina se cortó en seco, Luc se puso muy nervioso. Se preguntó si Star habría cambiado de opinión respecto a su acuerdo y habría optado por desvanecerse como tan bien se le daba a su madre.

–¿Te importaría ofrecerte a tomar en brazos a uno de los niños? –dijo Star, notando que no podía con los dos.

–¿Que tome en…?

Star hizo un gesto con la barbilla hacia Venus.

–¿Por dónde la sujeto?

–¡Tómala como puedas antes de que se me caiga!

Luc tomó a Venus con las manos rígidas y la sujetó en el aire como si fuera una bomba. Inicialmente encantada con el cambio, Venus captó finalmente la incertidumbre y dejó escapar un gritito nervioso. En respuesta Luc extendió los brazos para apartarla de sí aún más. Venus se retorcía y gritaba asustada, como si supiera que la iba a dejar caer.

–¡Sujétala contra tu cuerpo, por Dios… la estás asustando! –dijo Star, abrazando a Marte.

–¡Nunca he tenido en brazos a un bebé! –respondió él irritado.

–Pues ya es hora de que aprendas. Es agradable tocarlos y a los bebés les gusta sentirse seguros –Star observó por el rabillo del ojo cómo Luc se acercaba a Venus con exagerada reticencia.

–¿Por qué tiene el cuerpo tan laxo?

–Porque está medio adormilada –respondió Star, viendo cómo la pequeña se acurrucaba contra el hombro de Luc totalmente agotada.

–Sus huesos son pequeños como los de un pajarillo –dijo Luc en tono plano–. Tenía miedo de hacerle daño.

En la lujosa zona de trabajo que ocupaba solo una sexta parte del espacio disponible para los pasajeros, Star depositó a su hijo en una de las sillas de bebé. Luc se inclinó para darle a Venus.

–Se han habilitado unas cunas en la parte de atrás –la informó.

Star se sentó en medio de los dos. Minutos después el potente jet avanzaba hacia la pista de despegue. Luc estaba estudiando unos documentos en la parte más alejada. Y Star tuvo que reprimir una risa triste. Había planeado decirle que los mellizos eran sus hijos durante el vuelo, pero estaba exhausta.

Tan pronto como estuvieron en el aire, la azafata se acercó y le mostró dónde estaban las cunas. Le dijo también que pronto servirían la cena, pero Star contestó que no tenía hambre. Decidió descansar también ella un poco en la cama que había junto a las cunas.

Al cabo de diez minutos, alguien abrió la puerta con sumo cuidado.

–Deberías comer algo –dijo Luc con tono plano.

Medio dormida, Star se dio la vuelta, y su mata de pelo cobrizo se derramó por encima de sus exóticas facciones y sus ojos adormilados. La luz del pasillo se coló en la habitación haciendo relucir la piel satinada de su delgada cintura que dejaba a la vista el top corto. Se estiró abiertamente y entonces una de sus torneadas piernas emergió de los pliegues de su falda.

–Pareces una gitana –murmuró Luc.

El tono profundo e insondable de su voz unido a su marcado acento descendió hasta cada una de sus terminaciones nerviosas, despertándole un traicionero calor en la boca del estómago.

–*Sauvage*... salvaje –añadió con tono ronco.

De pronto todos sus músculos estaban tensos y lo miraba impotente. Tan alto, moreno y devastadoramente guapo. El deseo empezó a bullir dentro de ella con tal ímpetu, que casi no podía respirar. En un segundo revivió la apasionada fuerza de su boca y su cuerpo en el encuentro que habían tenido veinticuatro horas antes. La debilidad provocada por el deseo descendió por su cuerpo como fuego líquido, sintió el pecho henchido y los pezones erectos. Pero entonces recordó cómo se había comportado Luc nada más salir de su cama. Frío y distante.

Star despegó la cabeza de la almohada, los ojos relucientes de furioso odio hacia sí misma.

–Salvaje... pero no estoy libre... no volveré a estarlo para ti –le dijo.

Luc la estudió con brillante intensidad.

–Parece que estuviéramos en una negociación...

–El eterno banquero –lo reprendió Star, embriagada por la excitación que flotaba en el ambiente.

–La situación ha cambiado...

–¿De veras? –dijo ella, echando la cabeza hacia atrás, en la boca una mueca como si lo estuviera considerando–. No lo creo. Lo que creo es que siempre quieres lo que crees que no deberías tener. Pero no me incluyas a mí. Te costaría demasiado.

–¿Cuánto?

–Tu problema es que solo puedes pensar en términos monetarios –suspiró Star sin demostrar sorpresa, consciente de que Luc echaría a correr si sospechara que un poco más de amabilidad podría persuadirla para quedarse con él y no pedir el divorcio.

–Y en cualquier caso –prosiguió Star, ronroneando como un gatito mientras le lanzaba una lánguida mirada–, no soy alta, ni rubia ni sofisticada. De modo que no creo que vayamos a tener un problema, ¿no crees?

Sin previo aviso, Luc se inclinó sobre ella y la levantó en brazos. Star ahogó un grito de incredulidad. Él amoldó su pequeño cuerpo a su físico duro y masculino y apretó su boca contra la de ella con un ansia atroz, robándole todo el aire de los pulmones.

A continuación, la dejó suavemente sobre la cama de nuevo, pero antes de irse, contempló el rostro sonrojado y perplejo con relajada diversión.

—Para mí no es ningún problema, *mon ange*.

Y tenía razón. Era problema de ella, reconoció Star aturdida. No le había costado demasiado llevarla a la cumbre de la excitación. No se había dado cuenta de que su limitada capacidad de resistencia frente a Luc podría ser sometida a prueba otra vez. Acababa de caer en la cuenta de que al acceder con aparente facilidad a la petición de Luc de pasar una última noche con él le había dado una impresión errónea sobre ella y su actitud frente al sexo.

Star se encogió, avergonzada y furiosa consigo misma cuando ya era demasiado tarde para cambiar las cosas. Luc había asumido que lo que había hecho una vez con aparente despreocupación estaría dispuesta a repetirlo en cualquier momento. Y era evidente que pensaba aprovecharse de esa disposición suya. Aunque la implicación fue lo que dejó a Star aún más sorprendida: Luc la estaba tratando, por fin, como una adulta, aunque en el aspecto más básico. Luc la consideraba poco menos que una mujerzuela…

Lo que tampoco decía mucho de su sentido de la moral. Ingenuamente, ella habría creído que Luc sería demasiado escrupuloso para desear a una mujer que se ofrecía a los hombres con tanta facilidad. ¡En realidad demostraba lo poco que sabía del sexo masculino! ¡Lo poco que sabía del hombre con quien se había casado! De pronto, Star se sentía furiosa con Luc y muy, pero que muy agradecida de que fueran a divorciarse…

Conforme avanzaban por el camino de entrada a Chateau Fontaine, Marte finalmente se quedó dormido.

Era para echarse a llorar. El pequeño se había pasado llorando desde que lo sacaran bruscamente de su cuna dentro del jet.

–Creo que Marte se pasará llorando la mitad de la noche.

Luc enarcó una ceja, dejando a la vista un aire de autosatisfacción en su oscura mirada.

–Lo dudo. Tengo una niñera extremadamente competente esperando en el castillo.

Star se quedó con la boca abierta.

–Debería haberle pedido a Bertille que viniera al aeropuerto, así habríamos disfrutado todos de un viaje más agradable.

–No puedo creer lo que estoy oyendo. Que tú has...

–¿Qué ocurre?

–¿Que qué ocurre? –Star ahogó un pequeño grito–. ¡Contratas a una niñera, sin decirme nada, y después sugieres que ella se habría ocupado de mi hijo mejor yo!

Cuando se percató de su error, la limusina se detuvo delante del castillo y Luc extendió la mano en un intento por tranquilizarla.

–No me has entendido bien...

–¡Y un cuerno! Tú eres el único responsable del malestar de mi hijo...

–Si no bajas la voz volverás a despertarlo –replicó Luc con frialdad en el momento que abrían la puerta que había al lado de ella.

–¿Quién insistió en viajar a estas horas de la noche con dos bebés? –preguntó Star–. Claro que Marte está nervioso. Lo único que quiere es estar en casa, en su cómoda cunita...

–¡En un edificio que debería ser declarado inhabitable no creo que «cómoda» sea la palabra más adecuada! Ese lugar que tú llamas casa dista mucho de ser un lugar apto para vivir.

–¡Pues anoche no parecías tener tantos reparos!

Mientras hablaba, Luc reparó en que la puerta se había quedado abierta y frunció el ceño. El chófer no estaba por ninguna parte. Seguro que había decidido que apartarse discretamente sería más adecuado que quedarse allí oyendo cómo la pareja «felizmente reconciliada» discutía acaloradamente.

–Te sugiero que dejes el tema. No hay razón para esta discusión. Es irracional...

–¿Irracional? Me has insultado. Tú, que ni siquiera eres capaz de sostener en brazos a un bebé cinco segundos antes de que te entre el pánico, te has atrevido a cuestionar mis capacidades maternales –dijo Star temblorosamente mientras sacaba a Venus de su sillita–. Te has metido con mi casa, con mi hospitalidad y conmigo. Y sin embargo ha sido tu arrogante negativa a rehacer tu agenda, tu enorme ignorancia sobre el cuidado de un niño y tu absoluta convicción de que todo el mundo existe solo para hacer lo que tú quieres cuando tú quieres lo que tiene la culpa.

–Si no te calmas, te trataré como a una cría con una pataleta, porque así es como te estás comportando –dijo Luc con gélida contención.

–Qué difícil tiene que ser tratar con alguien que no te respeta, que no te teme y que no depende de tu buena voluntad. Entiendo que debe de suponer un enorme reto que alguien como yo se atreva a contradecirte. ¿Qué estás haciendo con Marte?

Saliendo de la limusina absolutamente furioso, Luc colocó una mano de forma protectora en la espalda del bebé que seguía dormido sobre su hombro.

–Es un niño. No hace falta que te lo eches al hombro como si fuera un saco de patatas.

El ceño de sorpresa ante la manera en que había tomado en brazos al niño se desvaneció en ese momento. El magnífico castillo, iluminado con lo que parecía un centenar de luces, que tenía delante captó su atención. Star recordó abstraídamente lo estricta que había sido Emilie con ella respecto a dejar encendidas luces innecesarias, ya que su tutor prestaba mucha atención a todos los asuntos relacionados con los gastos de la finca.

–Claro que Emilie nunca lo habría dicho, ni siquiera habría pensado algo tan irrespetuoso de un miembro de tu ilustre familia –musitó Star.

–¿De qué hablas? –preguntó Luc conforme atravesaban el espléndido puente del siglo XVII que conducía a la imponente puerta principal.

–Tu padre era inmensamente rico, pero avaro –reflexionó Star–. Muy triste. Parece que lo único que le hacía disfrutar en la vida era ahorrar dinero.

Algo totalmente cierto, pero nunca nadie se lo había dicho a la cara a Luc.

–Supongo que le habría dado una apoplejía si hubiera visto todas estas luces encendidas… –añadió Star, entrando en el castillo sin mirar atrás.

Bertille, la niñera, resultó ser una mujer joven, muy amable. Solo una madre excesivamente posesiva habría rechazado su ayuda, concedió Star con tristeza. Una habitación del primer piso había sido dispuesta como habitación infantil, y ninguno de los bebés se despertó cuando los metieron en sus cómodas cunas. Como Bertille iba a dormir en el cuarto anejo, Star se despidió y salió al pasillo.

Era más de medianoche y se sintió avergonzada al ver que el ama de llaves aún la estaba esperando pacientemente. Incómoda por las atenciones personales y el hecho de que le hubieran deshecho el humilde equipaje, Star se puso rígida al notar que se dirigía a ella como una mujer casada. Con todo, lo más sorprendente fue cuando la mujer abrió la puerta del dormitorio de Luc y se hizo a un lado para que pasara.

Durante su corto matrimonio, Luc la había sentenciado a un dormitorio al fondo del pasillo y no se le había ocurrido pensar que fuera a ser diferente esa vez, claro que no había tenido tiempo de considerar las implicaciones de reaparecer en el castillo como su esposa reconocida. Pensó que lo más adecuado sería quedarse en una de las habitaciones que había junto a la de él.

Sin embargo, antes de que le diera tiempo a salir, algo la retuvo. La enorme y suntuosa habitación estaba presidida por una magnífica cama con dosel situada sobre un pequeño estrado. Luc había dormido en ella desde los ocho años, igual que podría haber vivido un rico mercader medieval, entre maravillosos brocados, fabulosas pinturas y los mejores muebles antiguos.

«Luc nunca fue como los demás niños. Siempre fue muy serio», había dicho Emilie. ¿Y qué otra cosa podría haber sido? Hijo único, nacido en el seno de un matrimonio que vivía en alas distintas dentro del castillo y llevaba vidas completamente separadas. ¿Acaso era de extrañar que Luc, cuyos instintos naturales habían sido aplastados en su niñez, fuera tan reservado, controlado e inhibido a la hora de mostrar afecto?

Y aun así, Star recordaba que Luc había traspasado sus propias barreras por ella. La había reconfortado cuando la separaron de su madre a los nueve años. Y había vuelto a hacerlo cuando tenía dieciocho años...

La puerta que había a su espalda se cerró suavemente. Perpleja se encontró dentro de la enorme habitación de Luc en la que se había colado la noche de la concepción de los mellizos, y quitado algunas bombillas para crear una atmósfera más íntima. El recuerdo hizo que se encogiera.

—Creía que ya estarías en la cama —dijo Luc con una insufrible falta de expresión. Lo dijo despreocupadamente, como si llevaran años compartiendo habitación.

Star se giró en redondo. Tenía el ceño fruncido y los ojos muy abiertos por la sorpresa.

—¿Crees que voy a dormir aquí... contigo?

La más tenue de las sonrisas curvó la sensual boca de Luc.

—¿Por qué te sorprende tanto?

Capítulo 5

STAR se quedó mirando a Luc con los ojos como platos. No podía creer que de verdad esperase que fuera a dormir con él.

–Deja ya de ponerte dramática, por favor… –la instó él con mofa mientras se sacaba la chaqueta en dirección al vestidor contiguo.

–¡Los dos estaremos muy incómodos en la misma habitación! –dijo ella, cruzando los brazos con un aspaviento–. Me quedaré en una de las habitaciones de al lado…

–*J'insiste* –respondió Luc con suma tranquilidad.

Su aseveración arrogante de que no aceptaría un no por respuesta la sorprendió.

–No es necesario que nosotros…

Con los ojos negros y fríos como el hielo, Luc se giró hacia ella desde una distancia de unos nueve metros y se dirigió hacia ella con paso despreocupado aunque extrañamente intimidatorio.

–*Ecoutes-moi*… escúchame –ordenó con autoridad innata–. Dado que no pasaré mucho tiempo aquí este verano, lo menos que podemos hacer para sustentar nuestra pequeña charada es ocupar la misma habitación. Cuando sea el momento de demostrar que nuestro entusiasmo empieza a decaer, podrás mudarte a otra habitación, pero no antes.

–¡A Emilie no se le ocurriría preguntar jamás por nuestros hábitos maritales! –objetó Star.

–Pero se percatará de ellos. Yo no soy un hombre

que muestre sus sentimientos. No soy actor –adujo él con creciente impaciencia–. ¡El único signo de reconciliación que verá será que dormimos en la misma cama!

–Preferiría que lo dejáramos en unas flores cuando vengas cada viernes. Seguro que hasta tú podrás hacerlo.

–Las flores son cosa tuya. Recibí una docena de rosas rojas cada día durante las seis semanas que estuvimos juntos. Las enviaban a la puerta de mi despacho acompañadas de unas pequeñas tarjetas escritas a mano. El personal del banco se tomaba todo tipo de molestias para leerlas antes que yo. Estoy seguro de que no creerías que había olvidado la experiencia.

Las tensas mejillas de Star se tiñeron de rojo.

–En caso de que se te ocurra repetir semejante gesto de romanticismo, ¿crees que podrías meter las notas en sobres cerrados?

Furia y humillación a partes iguales comenzaron a bullir dentro de ella.

–No te preocupes por eso… ¡jamás volveré a enviarte flores!

–Y ya que estamos hablando del tema, no te daré mi número de móvil a menos que solo lo uses en caso de urgencia.

–¡No tengo deseo de conocer tu paradero a cada hora! –exclamó ella con los dientes apretados, ansiosa por escapar de la conversación–. Y si voy a tener que quedarme aquí contigo, dormiré en el sofá.

Luc observó el sofá rígido de marco dorado que llevaba en la familia desde el siglo XVIII. No dijo nada. Sabía que un bloque de mármol sería más cómodo.

Star se metió en el vestidor y se puso a abrir y cerrar de golpe los cajones hasta que dio con su ropa. Sacó ropa de dormir y se dirigió al baño. Allí se desnudó con manos temblorosas de frustración y abrió la ducha. Soltó un aullido cuando los chorros de agua empezaron a golpear su tenso cuerpo desde todas direcciones. Con el pelo mojado se dejó caer en un asiento que había en un rincón. ¡Típico de Luc tener una ducha con más botones que un cohete espacial!

Lo recordó como lo había visto en la habitación. La camisa del traje parcialmente desabrochada mostrando un triángulo de dorada piel, el vientre plano, las caderas esbeltas y unos largos y duros muslos envueltos en unos pantalones de color gris marengo cuyo corte ponía de manifiesto cada línea de su musculoso y ágil cuerpo. Un traicionero estallido de calor en la parte baja del vientre hizo que se tensara aún más. Apretó los dientes, odiándose por su debilidad. Había sido capaz de estar ahí de pie discutiendo con él y deseándolo al mismo tiempo. Era asqueroso, indecente.

Pero Luc siempre la había hecho sentir así. Lograba estimular sus sentidos, despertar el deseo más atormentador. Su profunda voz, su áspero acento, sus hermosos ojos y su sensual boca hacían que las rodillas se le debilitaran por el deseo. Definitivamente ya no era amor, sino solo deseo. ¡Un anhelo absurdo, perverso y codicioso que tenía que controlar!

Ya no ansiaba ver esa inusual sonrisa, ese devastador brillo dorado en sus ojos cuando algo le divertía, la sensación de victoria con la que una vez había disfrutado al verlo reír. No, eso se había acabado, se dijo con urgencia. Y menos mal, porque Luc no iba a alegrarse excesivamente cuando supiera que él era el padre de los niños. Iba a ser un verano horrible, y el día siguiente, cuando pensaba contarle la verdad sobre la paternidad de los mellizos, prometía ser el peor de su vida…

Salió del baño y se quedó de piedra, con el corazón martilleándole el pecho con tal fuerza que creyó que iba a desmayarse. ¡Y no era de extrañar! Era evidente que Luc había hecho uso de otro cuarto de baño porque tenía el pelo húmedo y estaba poniéndose un batín de seda. La suave piel bronceada se tensaba sobre los trabajados músculos. Cerró los ojos avergonzada. Apartó la cabeza y fue a buscar las sábanas.

–Buenas noches –dijo con la voz tensa.

Luc trepó a la cama, apartó el edredón y se tumbó. Star llevaba una camiseta grande con un patito amarillo. Algo ni remotamente seductor. Pero su cuerpo no parecía pensar lo mismo y reaccionó con innegable entusiasmo. Star se inclinó para hacerse la cama en el sofá, dejando a la vista sus esbeltas piernas hasta el muslo, al tiempo que el algodón de la camiseta se ceñía con provocativa fidelidad a la curva perfecta de su trasero…

El aliento se le escapó a él en forma de suave silbido, el dolor sordo tan potente que tuvo que apretar los puños. La ira reprimida comenzó a hervir nuevamente. Estaba jugando a incitarlo deliberadamente. Star ya no era la adorable joven virgen que con admirable contención se había obligado a no tocar en las primeras seis semanas de su matrimonio.

–Una colegiala… –había dicho Gabrielle con una mueca de dolor–. Los hombres que persiguen colegialas están enfermos, ¿no crees? Pero Star va pidiéndolo. Con esos enormes ojos de cachorro, siguiéndote como si fueras un dios. ¿Cómo puedes soportarlo?

Con sorprendente facilidad.

Arrancado de ese molesto recuerdo al ver que Star se peinaba el pelo húmedo con los dedos, Luc se puso rígido. La camiseta se había puesto tirante sobre sus pequeños pechos, firmes y redondos como manzanas. Le había dicho que nunca volvería a estar libre para él. Qué engreída. La furia que había mantenido oculta durante casi dos días y medio pareció aumentar. Ella estaba en el mercado y él pensaba comprarla. ¿Por qué no? Antes de que terminara el verano se habría saciado de ella. Ninguna mujer había conservado su interés más de dos meses… y una con una camiseta con un patito pintado tenía menos posibilidades que la mayoría.

Star percibía el silencio cargado como el que precede a una tormenta. Se le erizó el vello de los brazos cuando se metió en la cama que se había preparado, y esperó a que Luc apagara la luz. No se atrevía a mirarlo por miedo a que notara el nivel de deseo que había en ella. Luc era capaz de notar muchas cosas. No se le escapaba nada. Para él era como un libro abierto.

–*D'accord*… de acuerdo, y ahora que ya me has dado la posibilidad de ver lo que tienes para ofrecer desde todo ángulo posible, quiero que te quites la camiseta. Y olvida el sofá. Te quiero en esta cama el resto de la noche –dijo Luc con claridad cristalina.

–¿Per…perdona? –tartamudeó ella, incrédula.

Luc se incorporó con una mano.

–No juegues conmigo –le advirtió con voz suave–. No estoy de humor para lo que imagino que te gusta definir como juegos preliminares verbales.

Star se sentó con un movimiento brusco, tapándose con las sábanas. El manto de luz que cubría la enorme cama iluminaba el implacable perfil, la tensión era visible en los músculos de sus amplios hombros. La sábana lo cubría hasta la cintura, blanquísima en contraste con su magnífico torso. Tenía un aspecto increíblemente atractivo e intimidatorio. Y parecía enfadado. ¿Pero por qué?

–Parece que crees que he estado tratando de acercarme a ti –musitó ella con las mejillas rojas. Su propio enfado suavizado por el miedo a haberlo incitado sexualmente–. Pero te juro que no he… al menos no de forma consciente.

–Me deseas tanto como yo a ti, *mon ange* –terció él con impaciencia.

Star apartó los ojos de su desafiante escrutinio.

–Eres demasiado directo con este tipo de cosas, ¿no? ¿Me permites usar una analogía? Si como tanto chocolate como me gustaría, no entraría en mi ropa, por eso me controlo. Desear quitarte la ropa a todas horas… bueno, es más o menos lo mismo.

–*Mon Dieu*… Dios, dame fuerza –gruñó Luc entre dientes.

–Es verdad, lo creas o no –insistió Star, plegando la sábana entre los dedos rígidos, sin mirarlo por miedo a perder el hilo–. Anoche deberíamos haber dejado las cosas como estaban…

Luc dejó escapar un gemido.

–Eres demasiado chocolate para mí, eres nocivo, y de verdad que no quiero que me tientes para hacer algo que no es bueno para mí… ni para ti.

Luc saltó de la cama. Star mantuvo la cabeza gacha mientras él cruzaba la habitación, hablando más y más deprisa.

–Podría estar realmente enfadada por la manera en que me has invitado a pasar la noche contigo… pero te disculpa el hecho de que tal vez te moleste encontrarme aún atractiva. Y que tal vez estás cansado y no estás acostumbrado a pedir nada a todas esas mujeres que se te echan encima constantemente… ¿qué estás haciendo? –chilló desconcertada.

Luc cerró las manos en torno a su cintura y la levantó del sofá.

–No soy nocivo para ti. Probablemente sea el hombre más cuerdo con el que has compartido habitación. Cualquiera sabe si continuaré siendo un hombre cuerdo después de este verano. Piensa en mí como adicta al chocolate, completamente a merced de una codicia ingobernable. Ten compasión –la instó.

Star se acordó entonces de cómo quería verlo suplicando de deseo por ella. La situación real era que Luc la mantenía en vilo a cuarenta centímetros del suelo y no estaba suplicándole exactamente, aunque sí estaba mostrando un vivo interés. Sin olvidar la mirada de frustración en esos increíbles ojos oscuros que despertó en ella comprensión y anhelo y…

Resultó evidente que Luc interpretó la soñadora mirada de los ojos aguamarina como el instantáneo reconocimiento de un hombre que no ha visto otra expresión más que aquella en su mirada, y una resplandeciente sonrisa de satisfacción iluminó su rostro. El corazón de Star dio un vuelco vertiginoso.

–Date un capricho conmigo, *mon ange* –invitó Luc con una voz ronca que le puso de punta todas las terminaciones nerviosas del cuerpo.

El sentido común hizo un poderoso intento de hacerse oír en su cabeza.

–No puedo… ¡no debo!

Luc la depositó en la cama con una ternura que no había experimentado desde su accidental consumación. La miró con ojos relucientes de deseo y entonces se detuvo, mostrando una expresión seria en sus bellos rasgos.

–Evidentemente cuidaré de ti y de los mellizos todo el tiempo que quieras.

–¿Que cuidarás de mí? –la realidad se iba retirando tan rápidamente que nada parecía poder hacerla regresar. Star estaba temblando y tenía el pulso acelerado. El familiar aroma de Luc la iba envolviendo. Tras la devastación que había seguido al acto amoroso la noche anterior, Star sentía una provocativa sensación más desesperada y anhelante que nunca. Había renunciado a él y él había vuelto. No podía evitar pensar en lo precioso del acto.

–*Naturellement*… También creo que puedo buscarte una casa para que vivas aquí, en Francia –murmuró Luc con sensual aspereza, apenas un susurro entre sus labios entreabiertos.

¿Estaba burlándose de ella? ¿Una casa en Francia? ¿Es que… es que estaba pidiéndole que se quedara en Chateau Fontaine? Una oleada de pura felicidad se apoderó de ella. Deslizó los dedos en el pelo oscuro de él y curvó las manos sobre sus fuertes pómulos.

–¿Una casa en Francia?

–Te gustaría… –dijo él, descendiendo sobre ella para probar sus sensuales labios.

¡Le gustaba eso y todo lo demás! El ansia que había

expresado en un beso había hecho que un fuego brotara en su interior con la fuerza de una tormenta. Ella le devolvió el beso con todo su corazón y su alma, y dejó que sus manos vagaran ociosamente por sus potentes hombros. «Mío, mío», quería gritar a los cuatro vientos, pero también quería vivir todas las fantasías que había imaginado durante dieciocho meses lejos de él.

Le empujó los hombros con toda su fuerza, llena de un agradecido entusiasmo. Quería demostrarle lo mucho que podía aprender si él le daba la oportunidad y el tiempo para ganar experiencia. Después nunca jamás volvería a creer que necesitaba una amante como Gabrielle Joly.

Luc cayó de espaldas sobre las almohadas con una ligera sombra de desconcierto en sus ojos negros.

—¿Qué ocurre?

—Nada… ¡nada en absoluto! —dijo Star, un poco tímida de pronto, con todas aquellas luces encendidas y la tremenda consciencia de lo sofisticado que era él. Le daba miedo cometer un error y estropear el momento. Después de todo, el sexo tenía que ser algo crucial para Luc si una sola noche con ella lo había llevado a pedirle que olvidara que su reconciliación era fingida.

—¿Star…? —Luc le tomó con una mano la cabeza inclinada—. Quiero que seas feliz. Quiero hacerte feliz…

—Oh… me estás haciendo muy feliz, porque yo… —«simplemente te adoro». Pero se tragó las palabras. No quería mostrar demasiado entusiasmo demasiado pronto. Antes no le había dado buen resultado. Luc tenía que creer que tenía que hacer un esfuerzo para lograr el resultado deseado.

—Necesitas a alguien como yo —dijo él, y metiendo los dedos en su pelo, reclamó sus labios para darle un enfebrecido beso que la dejó temblando..

Decidida a mostrarle que él la necesitaba a ella todavía más, Star deslizó una titubeante mano por su vientre plano, fascinada ante la manera en que sus músculos se apretaron súbitamente y la forma en que dejó escapar el aire. Cambió de posición e inclinó la cabeza para seguir con la punta de la lengua el intrigante sendero de vello que descendía por su estómago y desaparecía bajo la sábana. Luc respondió removiéndose inquieto. Una ola de calor brotó dentro de ella.

–Después… –con los ojos relucientes de deseo, tiró de ella hasta posicionarla encima–. Pero todavía quedan por confirmar dos términos de este acuerdo.

–¿Términos?

–Espero que me seas fiel mientras dure.

Star parpadeó varias veces, atónita. Le estaba costando, pero trataba de esforzarse por concentrarse porque Luc tenía esa expresión de gravedad que siempre la intimidaba.

–¿Mientras dure?

–Inevitablemente esta atracción acabará consumiéndose.

Star se puso tensa y Luc la rodeó con ambos brazos, contemplando fijamente su mirada agitada.

–Por otra parte, podría durar años –continuó, veloz como un rayo–. El otro sencillo término que quiero tratar es que tendrás que ser más discreta como amante de lo que fuiste como esposa. Emilie no debe enterarse.

Star tardó un poco en comprender el significado. Había malinterpretado mal a Luc. Y solo ella era culpable por mostrarse patéticamente ansiosa por creer que Luc estaba dispuesto a dar a su matrimonio una oportunidad de verdad. Pero él no tenía intención de hacer tal cosa. Seguía queriendo el divorcio.

Sin embargo, y a pesar de todo, era capaz de pedirle que se quedara en Francia y viviera como su amante. Vaya eufemismo. Sin amor, solo sería su compañera sexual. ¿De verdad pensaba que estaba tan desesperada por estar cerca de él? El dolor la envolvió, helando su acalorado cuerpo.

–Déjame… –dijo ella con voz inestable.

–Sí… ¡apaga ese maldito teléfono! –asintió Luc exasperado, soltándola.

–¿Teléfono? –repitió ella, parpadeando sin comprender, y entonces oyó el irritante zumbido. Sin moverse, se quedó mirando con mirada vacía hacia el bolso.

–¡Yo lo haré! –dijo Luc.

–No… ¡no! –de pronto Star saltó de la cama y corrió a responder como si su vida dependiera de ello.

Y en cierto sentido así era. Dolida por el nuevo rechazo de Luc, solo deseaba correr y alejarse todo lo posible de él. Sacó el móvil del bolso y oyó la voz de Rory. Las lágrimas acudieron a sus ojos en respuesta, abundantes e imparables, descendieron por sus temblorosas mejillas.

–Rory… ¡oh, Rory! –sollozó, y corrió hacia la puerta de la habitación para hablar en privado.

Capítulo 6

STAR iba y venía por el enorme vestíbulo del Chateau Fontaine.

–Tengo que ser sincera, Rory... sigo sintiendo algo por Luc. No puedo mentirte. Lo único que puedo ofrecerte es mi amistad, y probablemente estés mejor sin mí mientras siga sintiendo esto...

–No me estás defraudando –el suspiro de Rory llegó desde el otro lado–. Nunca me has ofrecido otra cosa. Siempre te echabas hacia atrás.

Luc apareció en la galería del descansillo que había un piso por encima de Star subiéndose la cremallera de los pantalones cuando esta habló de nuevo:

–Me alegra que aún me hables... después de todo lo que te he dicho. ¡Te quiero mucho, mucho por eso! –admitió Star con lágrimas en los ojos de nuevo.

–Estás casada con un canalla muy hábil...

–Sé que es un canalla, pero puede que ahí estuviera la atracción –murmuró ella–. Creía ver otras cosas, pero ahora veo lo estúpida que fui, y tiene que ser para bien, ¿no crees?

Luc se dijo que no estaba escuchando a escondidas. Tan solo estaba en su propia casa, escuchando a su mujer decirle a su novio que lo amaba. ¡Que lo amaba! ¿Igual que lo había amado a él? Le daban ganas de arrancarle el teléfono de las manos y lanzarlo contra la pared. ¡Star era su esposa! Se dio la vuelta y volvió sobre sus pasos, consciente solo de una cosa: no quería oír nada más.

Pero una extraña sensación de frío había empezado a extenderse por su cuerpo. Y no le gustaba. Era como si un enorme nubarrón le cubriera la mente. En poco más de veinticuatro horas, se había obsesionado con Star hasta el punto de que sentía que ya no tenía el control. Esa idea le gustaba aún menos. Pero no podía seguir ignorando la inexplicable brecha entre sus pensamientos y sus actos. ¿Qué otra explicación racional había si no a que le hubiera pedido a Star que fuera su amante? ¿De dónde había sacado esa estúpida idea?

Puede que fuera locura sencillamente. Él quería el divorcio. No quería seguir casado con ella. No le importaba si amaba a otro. Simplemente quería matar a ese tipo… y a ella. ¡No, a ella no, a él! El nubarrón persistía, no podía concentrarse. El sudor cubría su piel. Apretó los puños de frustración. No quería pensar. Se encontraba alarmantemente inestable. Lo que necesitaba era una copa.

Star colgó y se dejó caer en uno de los sillones del vestíbulo. Solo podía pensar en lo estúpida que había sido al imaginar por un momento que Luc pudiera desear continuar con su matrimonio. En vez de eso, le había pedido que fuera su amante. Pues no tenía intención de rebajarse hasta ese punto.

¿Y qué otro tipo de ofrecimiento había esperado? ¡Aún no le había dicho que los mellizos eran hijos suyos! ¿Cómo no se le había ocurrido pensar que dejar que Luc siguiera creyendo que Venus y Marte eran hijos de otro hombre condicionaría la imagen que tenía de ella y su relación?

Dios, ¿pero qué relación?, se preguntó tremendamente dolida, cubriéndose la cara con las manos mientras se sorbía la nariz. Aquel invierno, unos dieciocho meses atrás, Luc había organizado el reencuentro con su madre. El encuentro había tenido lugar en el apartamento de Luc en París. Después, Luc la había llevado a comer. No se había dado cuenta en ningún momento de que había otra mujer en su vida: Gabrielle Joly, maestra en el arte de la discreción.

—Creo que me enamoré de ti nada más verte de nuevo –le había dicho a Luc en aquella comida.

Luc se le había quedado mirando sin saber qué decir.

—Nunca creía que pudiera sentir algo tan intenso –había continuado ella titubeante–. Supongo que estás acostumbrado a deslumbrar a las mujeres, pero lo que yo veo en ti es lo solo que estás…

—Nunca he estado solo en mi vida –había respondido Luc con sequedad.

—Yo creo que nunca intimas con nadie. Te he estado observando. Mantienes a la gente a distancia. No lo puedes evitar. Te alejas siempre que surge cualquier posible situación personal o emocional. Como ahora. Quieres que me calle y a la vez quieres huir sin herir mis sentimientos –dijo ella con un atisbo de culpabilidad–. Bueno, gracias por escucharme. Ya puedes irte si quieres.

Se quedó atrapado allí un poco más. Ella lo sabía y así lo había planeado, pero la conciencia le remordió al ver lo tensos que estaban los largos dedos de Luc alrededor de la copa de vino.

—No eres más que una niña.

—No, no lo soy. Te parezco una niña porque digo en voz alta cosas que tú no gritarías ni aunque te estuvieran torturando. Lo siento, pero es la única forma que tenía de llegar a ti. Te gusta estar conmigo –señaló con timidez–. ¿No te has dado cuenta? Y también me he dado cuenta de que me miras, y después apartas la vista como si no debieras estar haciéndolo y…

—*Bon! Ça suffit maintenant* –y levantándose de la silla, Luc la miró con el ceño fruncido desde su impresionante altura–. Si esto no resulta embarazoso para ti, para mí sí.

—Lo sé, pero cuando amas a alguien tanto como yo te amo a ti…

–A tu edad no sabes lo que es el amor –dijo él con gesto irrisorio.

–Sé más que tú. No creo que hayas estado enamorado en tu vida –protestó ella–. El amor está lleno de imprevistos, y a ti no te gustan los imprevistos. El amor te resultaría demasiado exigente y no querrías destinar parte de tu tiempo a…

Tomándola del brazo, Luc la sacó del exclusivo restaurante, aparentemente ajeno a las miradas de fascinación que su inusual comportamiento estaba atrayendo.

Ya fuera, Star susurró:

–No espero que me correspondas con tu amor, pero ¿no te resulta reconfortante saber que alguien te quiere?

Con los brillantes ojos negros encapotados, Luc la metió a toda prisa en el asiento trasero de la limusina.

–Todo esto no es más que un asalto de tus hormonas adolescentes…

–¡No, y aunque nunca jamás me acueste contigo, seguiré queriéndote! –adujo Star con vehemencia.

Luc la contempló con una mirada aún más glacial. Star enrojeció más y más y finalmente agachó la cabeza.

–Lo siento –murmuró y, tras titubear un poco, continuó–: ¿Tratarás de evitarme ahora? ¡No podría soportarlo!

–Pues claro que no voy a evitarte –respondió él con exasperación–. Pero tampoco volveremos a hablar de esto. ¿Lo has entendido?

Esa misma semana, Luc había asistido a una fiesta de unos amigos con Emilie y Star. Gabrielle Joly también estaba invitada, se había sentado muy cerca de Luc y habían pasado la velada charlando. Gabrielle, con sus piernas infinitas, su precioso pelo rubio, su exquisito rostro y su grácil sofisticación. Enferma por lo que parecía ser su competencia, Star no pudo probar bocado.

–Cuéntame lo que sepas de esa tal Gabrielle –instó a Emilie después de la fiesta.

Emilie enrojeció de culpabilidad.

–Creo que antes era modelo –la anciana vaciló un instante–. No sé de qué otra manera decirte esto, Star... Gabrielle es la amante de Luc, y desde hace tiempo.

–¿Su... amante?

Fue como si el mundo se derrumbara bajo sus pies.

–No pongas esa cara de horror, Star. Los hombres han hecho estas cosas desde siempre. Luc nunca le pedirá a su amante que sea su anfitriona en el castillo, pero se le verá haciendo vida social con él en cualquier otro sitio con total libertad. Seguro que estaba invitada esta noche. Utiliza una casa a unos pocos kilómetros de aquí.

Pálida como una muerta mientras escuchaba los datos que Emilie le daba sin emoción alguna, Star dejó escapar una risa ahogada.

–Ojalá me lo hubieras dicho antes, Emilie.

–No quería apagar tu interés por Luc –admitió Emilie con tristeza–. Tanto si se da cuenta como si no, ya se siente muy atraído por ti. Tu innata calidez lo atrae como un imán. Cuando entra en una habitación, eres la primera persona a la que busca, y si no estás, no se queda tranquilo hasta que averigua dónde estás.

–Pero él ya la tiene a ella...

–Bueno, si no puedes aceptar que un hombre de casi treinta años obtenga experiencia mundana, será mejor que te olvides de él. Y sería una pena. Todos necesitamos que nos amen. Y si no encuentra a la chica adecuada pronto, el tipo de chica a la que no le dé miedo luchar para atravesar las barreras que lo protegen, terminará siendo un pobre infeliz como su padre.

¿Cómo podía extrañar que con semejantes ánimos no siguiera amando a Luc hasta la locura? Tal vez Emilie supiera lo que Star sentía por Luc, pero ella no podía confiar en su madre, que por entonces vivía de alquiler en Nantes. Decidida a no tener nada que ver con los Sarrazin, Juno se negaba a visitar a su hija en la mansión.

Para ella, saber que su hija amaba a Luc Sarrazin habría sido el colmo de la deslealtad. De modo que no le dijo nada.

Pero entonces el destino hizo de las suyas: Roland Sarrazin sufrió un ataque al corazón y lo llevaron urgentemente al hospital acompañado de Emilie. Con el ajetreo, Star olvidó que debería haber ido a visitar a su madre ese día. Por la tarde, Luc regresó del hospital con aspecto exhausto. Y ella corrió a ofrecerle consuelo.

–¿Quieres hablar de lo que sientes?

–No.

–¿Quieres hablar de cualquier otra cosa?

–No.

–¡Pero no puedes querer estar solo! –aferrándose a la manga de Luc para evitar que se apartara, como siempre hacía cuando ella se acercaba demasiado, Star lo miró con ojos suplicantes–. ¿No puedo hacer nada para que te sientas mejor?

Luc la miró con ojos brillantes.

–Vete…

–Luc, por favor…

Y entonces la tomó en sus brazos, literalmente, y aplastó su boca ardiente y hambrienta contra la de ella. El aturdimiento que siguió a tan brutal asalto la dejó sin habla, pero la explosiva pasión de Luc penetró en ella como fuego. Era como si no pudiera hartarse y se pegó a él como pegamento. Cuando Juno apareció en la biblioteca de Luc acompañada por el ama de llaves, encontraron a Star acoplada al cuerpo de Luc en actitud de embeleso.

La escena que siguió fue horrorosa. Su madre empezó a lanzar todo tipo de ridículas acusaciones y amenazó con ir a la prensa. Cuando Juno salió de la mansión hecha un basilisco, Luc, que no había pronunciado una sola palabra en su propia defensa, se giró hacia Star, encogida en un rincón, avergonzada y culpable.

–Tendremos que actuar rápido si queremos estropearle los planes a tu madre.

–¡No hablaba en serio!

–Tiene mucho resentimiento, y en estos momentos la paz de espíritu de mi padre es de vital importancia. Un sórdido escándalo lo destrozaría. Dado que he sido yo quien ha provocado esta situación, me aseguraré de que no tenga repercusiones –dijo Luc sin levantar la voz, ni mostrar una sola emoción en su delgado y fuerte rostro–. La única manera de hacerlo es casándome contigo lo antes posible. Tu madre no podrá seguir aduciendo inmoralidad después de eso.

–¿Ca…casarte conmigo? ¿Me estás pidiendo…?

–No será un matrimonio de verdad –explicó él con sequedad–. Cuando ya no sea necesario seguir encubriendo el incidente, conseguiremos la anulación. De modo que no te emociones demasiado, *mon ange*. Las cosas no han cambiado.

Star enlazó las manos temblorosas.

–¿Llevaré anillo?

Luc asintió con desgana.

–¿Un vestido?

–No.

–¿Qué hay de malo en que yo finja que es una boda de verdad?

–Tu imaginación no necesita alas.

Se casaron en una ceremonia civil en Nantes acompañados por Emilie y el abogado de Luc. No fue una boda secreta, pero tampoco se hizo ninguna publicidad, y dado el delicado estado de salud de Roland Sarrazin, tal vez la gente se cuestionara si era el momento más oportuno.

Antes de que los pensamientos de Star vagaran hasta la devastadora desilusión de verse abandonada en su noche de bodas por otra mujer, el frío mármol bajo sus pies la sacó del pasado. Se levantó súbitamente decidida. Era medianoche, pero era hora de sincerarse con Luc, al menos respecto a la paternidad de sus hijos. Mantener la ficción era injusto para él.

Pero cuando regresó al dormitorio, Luc no estaba. Demasiado inquieta para acostarse, Star se puso unos vaqueros y un top y fue a buscarlo. Sus turbulentas reflexiones no la dejaban en paz. ¿Cómo podía dejar de anhelar lo que Luc nunca podría darle? ¿Por qué se había engañado diciéndose que era lo suficientemente fuerte como para pasar una última noche con Luc? Esa noche precisamente era lo que le había provocado ese nuevo torbellino emocional en el que se encontraba. Esa noche era lo que había convencido a Luc de que ella se conformaría con tener sexo con él si no podía tenerlo de otra manera.

Luc estaba junto a la ventana, sosteniendo una copa de brandy en la mano. La camisa de color verde oscuro abierta y suelta por encima de los pantalones de pinzas de buen corte dejaba al descubierto el pecho velludo, e iba descalzo. Vestido con estilo informal y con la sombra de la barba incipiente en la mandíbula le pareció un extraño.

–Vuelve a la cama –le dijo Luc sin emoción.

Aunque de pie entre las sombras que lanzaba la lámpara del escritorio sobre la habitación, Star reconoció la furiosa tensión y se detuvo a unos metros, observando la ferocidad de los ángulos que conformaban su rostro bronceado, el brillo de advertencia que despedían sus ojos antes de quedar cubiertos por un velo y la rigidez de sus hombros.

–¡Aunque solo sea por una vez haz lo que te digo! –exclamó Luc con súbita y abierta furia.

Star retrocedió un paso realmente sorprendida y lo contempló perpleja.

–¿Por qué estás tan enfadado? No fui yo la que pidió esta situación con Emilie.

–Mi enfado viene de mucho más atrás. No había situación alguna hasta que tú decidiste que estabas enamorada de mí y te negaste a dejar el tema.

–Pero…

–Antes de que me casara contigo, para mí solo eras joven y vulnerable. ¡No vi hasta dónde podías llegar para conseguir lo que querías! –los ojos de un brillo dorado la siguieron hasta encontrarse con los de ella–. ¡La primera vez que te acercaste a mí debería haberte aplastado para siempre! Pero me negaba a hacerte daño. Tú te aprovechaste…

–No… –Star hizo un extraño movimiento de súplica con una mano–. No fue deliberado…

–Creía que eras dulce, esencialmente inofensiva… –Luc dejó escapar una áspera risotada–. ¡Pero desde el momento en que entraste en mi vida has sido tan destructiva como un tanque enemigo!

Star se había quedado paralizada por el implacable efecto de verlo apartar sus reservas para hablar de algo verdaderamente personal. La ira y la amargura que revelaba la dejaron conmocionada.

–Estoy borracho… –añadió él con gesto adusto.

¿Luc borracho? Aquello era aún más extraordinario. Star se quedó mirándolo, pero no le parecía borracho, aunque desde luego no se estaba comportando con el frío autocontrol habitual.

–Muchos hombres habrían aceptado tu invitación aquella noche de invierno –continuó él, los ojos oscuros fijos en ella en abierta condena–. Estabas muy sexy. Siempre fui consciente de tu atracción. Nunca fui indiferente, pero mantenía las distancias.

–Luc, yo no sa…

–Actué en contra de los deseos de mi padre cuando organicé el reencuentro entre tu madre y tú. ¿Y cómo me recompensaste?

Ante aquella pregunta incómoda, Star sintió que el estómago le daba vueltas.

–Un inoportuno beso y terminé teniendo que casarme –resumió con dureza, pálido de ira al recordar–. Pero ahí no terminó todo, ¿verdad? Tú seguías sin aceptar un no por respuesta.

–Por favor, no digas nada más, Luc... –lo instó ella con desesperación–. Si pudiera retroceder y cambiar las cosas, lo haría, ¡pero no puedo! Estaba obsesionada contigo... y lo siento... pero no podía evitarlo, ni tampoco podía ver lo egoísta que estaba siendo.

–Esperaste a que sufriera una conmoción –continuó Luc con los dientes apretados, marcando más su áspero acento–. Entonces te deslizaste sigilosamente en mi cama mientras dormía. ¿Cómo puede caer tan bajo una mujer?

Star se quedó mirando la alfombra y notó que se volvía borrosa cuando los ojos empezaron a llenársele de lágrimas. Visto a través de los ojos de él, dicho con sus palabras, su comportamiento parecía aún peor. Aunque después de aquella noche ella también se había juzgado con dureza. Por eso había abandonado Francia. No había huido. Tan solo se había dado cuenta de que lo mejor que podía hacer era salir de la vida de Luc y dejarlo en paz.

Por un momento estuvo tentada de decir el papel que Gabrielle Joly había tenido en su comportamiento, pero dado que la modelo había salido de la vida de Luc, Star era demasiado orgullosa y aún estaba sensible para admitir lo desilusionada y dolida que se había sentido al comprender el aparente dominio que aquella mujer tenía sobre él.

–Y cuando por fin me atreví a decirte que ninguna mujer me atraparía dentro de un matrimonio por medio del sexo, ¿qué hiciste tú? –el tono insondable de Luc había descendido a un furioso susurro en el que resonaba algo cercano a una ira incontrolable.

–Lo único que podía hacer. Irme –respondió ella.

–Te fuiste –repitió él con voz irregular–. ¡Pero no te fuiste sin más!

–¿Adónde quieres llegar? –preguntó ella, mirándolo perpleja.

–¡Me dejaste una carta en la que me decías que no

podías vivir sin mí y desapareciste! –le espetó él con tono condenatorio, arrasándola con la fuerza de su ira.

–¿Qué había de malo en ello?

–¿Que qué había de malo? –susurró Luc con incredulidad, mientras una ira negra emanaba de él en oleadas–. ¡Pensé que te habías ahogado! Hice que dragaran el foso… ¡ordené que los buceadores te buscaran dentro del lago!

Star lo miró como si hubiera perdido la cabeza.

–Si te ríes… si lo haces… –le advirtió Luc con voz pastosa.

Pero Star estaba imaginando la extremada preocupación que habría sido necesaria para que Luc hiciera lo que había hecho. Y sintió que se ponía enferma.

–Ni una sola vez se te ocurrió que podría estar preocupado por ti. ¡Ni una sola vez en estos meses me llamaste para decirme que estabas bien! –Luc se dio la vuelta y lanzó la copa al fuego, con el consiguiente chisporroteo del alcohol en contacto con las llamas.

Star contempló los relucientes fragmentos de cristal con profundo aturdimiento.

–Yo… yo no creí…

–Tú nunca lo haces. Vives cada día como si fuera el último. Nunca miras atrás, ni hacia delante, simplemente haces lo que te apetece. Ese es un lujo que algunos de nosotros no ha conocido nunca –afirmó Luc con tono glacial.

Temblando bajo el peso de todas esas acusaciones, Star se había quedado pálida. Irresponsable, egoísta y caprichosa. Al parecer no tenía ningún atributo positivo. Y lo cierto era que era muy egoísta. Se había lanzado a los brazos de Luc y había permitido que se casara con ella en vez de enfrentarse con su madre y obligarla a retirar todas sus injustas amenazas. Durante su breve matrimonio, se había negado a aceptar el rechazo. Pero sorprendentemente a los ojos de Luc su mayor pecado había sido desvanecerse en el aire y haber roto todo contacto durante meses.

–Hasta convenciste a Emilie para que fingiera que no sabía donde estabas –concluyó Luc con gesto lúgubre–. ¿Crees que no me he dado cuenta hoy? ¡Emilie, que podría ser mi madre si mi padre hubiera tenido el coraje de no renunciar a ella!

La confusión de Star ante semejante alusión hizo que Luc soltara una risa cansina.

–Solo ves lo que tiene que ver directamente contigo –Luc sacudió la oscura cabeza con desesperación–. ¿Por qué crees que era tan importante para Emilie estar aquí cuando mi padre estaba moribundo? ¿Por qué crees que su presencia era tan reconfortante? Cuando eran jóvenes estaban enamorados. Pero mi abuelo desaprobaba la unión porque Emilie era una pariente pobre. Mi padre tenía miedo de perderlo todo frente a su hermano menor, el segundo en la sucesión de la herencia, y renunció a Emilie. Ella continuó con su vida y tuvo un matrimonio feliz; él no.

Oír a Luc recitar lo que ella debería haber percibido y visto por sí misma hizo que se sintiera aún peor. Era como encontrar la pieza faltante de un rompecabezas… las constantes atenciones de Emilie hacia Roland Sarrazin aquel invierno, su innegable pena cuando falleció.

–Emilie sentía lástima por él porque él nunca dejó de quererla. Cuando mi madre murió, mi padre se habría casado con Emilie, pero ella lo rechazó –añadió él.

–Tienes razón… –murmuró Star tristemente–. No veo más allá de mis narices. Y yo que creía que era muy perspicaz.

–Vete a la cama… son las tres de la madrugada.

Star aún no le había dicho lo de Venus y Marte, y la perspectiva de hacerlo se le antojaba una sentencia de muerte. Si no la odiara ya, estaba a punto de darle la oportunidad. No se le escapaba que en muchos aspectos Luc había sido inmensamente tolerante con su comportamiento. De hecho, con la legendaria reputación de ser frío y despiadado, de pronto no comprendía por qué

Luc había permitido que una estúpida adolescente le causara tantos problemas…

–Una cosa más –dijo Luc, interrumpiendo sus pensamientos–. Lo que dije de comprarte una casa fue un impulso ridículo y te pido disculpas por haberlo sugerido.

–Tal vez solo querías venganza… –Star sintió como si la hubieran abofeteado con el colmo de los rechazos. Su disculpa era innegablemente sincera.

–No soy así…

Luc observó a Star salir de la habitación de espaldas con una especie de mirada ciega en los ojos y se preguntó por qué no se sentía mejor. Se preguntó por qué de pronto se sentía como un hombre que se comportaba de forma brutal con los niños y los animales. Se preguntó por qué comportarse con dureza con Star había requerido dieciocho meses de rabia acumulada cuando era natural en él ser duro con los demás.

Le asombraba que Star no le hubiera gritado. Era extraño lo poco satisfactoria que había sido la experiencia. Claro que el alcohol era un desinhibidor. Había perdido los papeles y él odiaba perder el control. Posiblemente había sido un poco demasiado duro con ella. ¿Pero venganza? Él estaba por encima de eso.

En el piso de arriba, Star se derrumbó en el sofá del dormitorio sin quitarse ni la ropa. Su vida se extendía ante ella como un desierto. Luc la odiaba y no tenía motivos para pensar bien de ella. Aun así se preguntaba por qué había guardado su ira tanto tiempo. A pesar de estar muerta de cansancio, no pudo dormir más de cuatro horas y se levantó.

La cama de Luc estaba vacía. No había dormido en ella. Eran las siete. Se dirigió al baño, desnudándose de camino. Tras lavarse rápidamente, se puso un vestido veraniego de color crema y capucha que su madre le había regalado. Parecía de funeral.

Con los certificados de nacimiento en una mano

bajó al piso inferior. Sus pasos se hicieron más lentos conforme llegaba al imponente comedor y entró. Luc estaba sentado en aristocrático aislamiento en un extremo de la pulida mesa. Bajó el periódico dejando a la vista los ojos encapotados y la sombra adusta que oscurecía sus hermosos rasgos. Inmaculado con su traje gris plata, camisa de seda y corbata también de seda en color vino, tenía un aspecto formidable, pero aun así Star no pudo evitar que su susceptible corazón diera un vuelco.

–No te esperaba ver levantada tan pronto –admitió él con absoluta frialdad.

–Yo… yo tenía que hablar contigo antes de que te marcharas al banco –Star inspiró aire profundamente y se obligó a acercarse.

Luc dobló el periódico y se levantó con agilidad.

–Me temo que llegas tarde. Ya me iba.

–Luc… estos son los certificados de nacimiento de los mellizos –dijo ella con un hilo de voz, blanca como la leche.

–¿Qué interés podrían tener para mí? –Luc no miró siquiera los documentos mientras se dirigía hacia el otro extremo de la mesa en dirección a la puerta.

–Los mellizos tienen un año… aunque no lo parece porque fueron prematuros…

Luc se giró con el ceño fruncido en gesto de total exasperación.

–¿Por qué me cuentas todo esto ahora?

–Venus y Marte tienen un año –continuó Star con voz menguante–. Aquella noche… ya sabes, cuando me «deslicé sigilosamente» en tu cama, como has dicho… pues lo cierto es que aquella noche tuvo sus consecuencias. Lo siento mucho.

Capítulo 7

LUC la contempló, observando abstraídamente que llevaba un vestido que parecía una prenda de luto y que su rostro carecía de su brillo habitual.

Su cerebro pareció detenerse en la segunda referencia a la edad de los pequeños. Un año. Pero eran demasiado pequeños. ¿Qué había tratado de decirle? ¿Prematuros? ¿Les ocurría algo? ¿Estaban enfermos? La imagen de que algo pudiera amenazar a aquellas dos desvalidas criaturas lo aferró como una mano gélida en la espina dorsal.

–Son tus hijos –concluyó Star titubeante–. Debería habértelo dicho en cuanto vi que pensabas otra cosa. Pero que pensaras que pudieran ser de otro hombre me dejó anonadada y furiosa. Y dado que no parecías molesto por la idea, no quise llevarte la contraria.

–Mis hijos… –repitió Luc como si no alcanzara a comprender lo que le estaban diciendo–. ¿Qué les pasa? ¿Están enfermos?

–No, claro que no. Ahora están bien y crecen sanos. Luc ¿entiendes lo que acabo de decirte?

–Has dicho que son mis hijos –repitió Luc, aún con la misma expresión, aunque sus cejas arqueadas empezaron a arrugarse.

–De verdad, no entiendo de dónde sacaste la idea de que no eran…

–El contable de Emilie dijo que los niños habían salido del hospital en otoño. Supuso que acababan de nacer –su habitual volumen de voz se elevó al tiempo que fruncía el ceño–. *J'etais vraiment fâché...* –murmuró Luc en francés.

Star vio cómo se dirigía hacia el ama de llaves, que estaba esperando en el vestíbulo para desearle buen viaje.

Él recordó cómo Star, cuando volvía a casa, salía a recibirlo al puente, arrojándose literalmente a él como si llevara fuera un mes, sin importarle con quien estuviera. Diplomáticos y banqueros de alto rango por igual se quedaban fascinados ante su impredecible energía, su encanto natural, sus increíbles piernas...

Y no había duda de que a partir de ese momento se enfrentaba a un futuro en el que nadie lo recibiría así... Ah, *c'est la vie,* suspiró Luc, y felicitándose por su autocontrol y su frialdad ante una crisis, informó a su ama de llaves de que no iría a París. A continuación, salió a la calle y tomó aire profundamente varias veces para contrarrestar la irritante sensación de mareo que lo había asaltado.

De haberse considerado una persona emocional, tal vez se hubiera preguntado si lo que estaba experimentando era una mezcla de sorpresa y el más intenso alivio. Pero siendo como era un extraño para todo lo relacionado con semejante autoanálisis, y un hombre que solo razonaba en términos prácticos de causa y efecto, Luc decidió que lo que estaba experimentando eran los efectos del alcohol.

Se dirigió entonces hacia el helipuerto felizmente entretenido pensando en otros hechos que tal vez no fueran tan obvios para Star como para él. En primer lugar, pensó sonriendo para sus adentros, Rory quedaría reducido a un pensamiento pasajero de lo que podría haber sido, pero no iba a ser. Todos los niños merecían tener a sus dos progenitores juntos bajo el mismo techo.

Inmóvil junto a uno de los ventanales del comedor, Star lo observaba acercarse al helicóptero sin comprender. Luc habló con su piloto, el pelo reluciente al sol y una mano metida en el pantalón del bolsillo con aire despreocupado. Star no podía creerlo. Parecía relajado en vez de un hombre al que acababan de darle una noticia de esa importancia. Tal vez solo había salido para tranquilizarse y ella no supiera leer el lenguaje corporal. Después de todo, ¿cuándo había sabido ella entender lo que ocurría dentro del complejo cerebro de él?

Luc regresó entonces a la casa, exhalando un potente aire de determinación, y se dirigió directamente hacia las escaleras. Star corrió al vestíbulo tras él.

—¿Adónde vas?

—A ver a mis hijos.

El sonido del adjetivo posesivo que empleó la sorprendió.

Bertille ya los había vestido y les había dado el desayuno, y en cuanto vio aparecer a los padres sonrió y desapareció. Luc se quedó quieto en el centro de la habitación, mirando con aire tenso cómo jugaban en la alfombra.

—¡Ma-má! —chilló Venus y empezó a gatear hacia Star.

—¿Pueden moverse… y hablar? —susurró Luc con asombro casi cómico.

—Bueno, Venus conoce una palabra… la que acaba de decir —Star miraba a Marte. El niño sabía gatear solo hacia atrás y, cuando la pared detuvo su avance, dejó escapar un quejido lastimero y sus ojos marrones se llenaron de lágrimas de frustración.

Star fue a ayudarle, pero Luc la sorprendió llegando antes. Entonces se acuclilló y, levantando al Marte, le habló en francés. Fácil de manejar cuando le mostraban atención y cariño, las lágrimas de Marte se secaron por arte de magia. Con rostro resplandeciente, se acurrucó en el brazo de Luc con aire feliz.

—Qué confiado es… —comentó Luc con voz áspera, debatiéndose entre el niño que tenía en brazos y Venus, quien, intrigada por su presencia, había cambiado de idea y, en vez de gatear hacia su madre, se dirigía hacia él.

Dejándose caer sobre el pañal, Venus tiró de la borla de uno de los zapatos de Luc. Después echó hacia atrás su brillante cabecita rizada y lo miró con una juguetona sonrisa de desafío.

Luc extendió la mano libre para darle la bienvenida. Venus le tomó el pulgar. Pero acto seguido lo soltó más interesada por el reloj de oro que relucía en su muñeca. Ante un cambio de atención tan brusco, la inusual sonrisa de Luc brotó de sus labios, y la diversión iluminó su fuerte rostro.

—Es como un clon en miniatura de su madre.

El corazón de Star dio un vuelco al ver su carismática sonrisa, y se le secó la boca.

—Bueno, Marte se parece a ti.

Conforme avanzaban los minutos y Luc seguía entretenido con los niños, la inquietud de Star empezó a aumentar. No podía creer lo que veía. Sin importarle su carísimo traje, estaba sentado en la alfombra dejando que Venus y Marte juguetearan con él como si de un enorme juguete se tratara. Las manitas le tiraban de la corbata, rebuscaban en sus bolsillos, le tiraban del pelo y exploraban su cara.

—Los dos están bostezando —comentó Luc al cabo de veinte minutos, con evidente decepción.

—Es que los has agotado —le espetó ella, aunque sabía que debían de estar muy cansados después del agotador día anterior y necesitarían su siesta de por la mañana.

Star los acomodó en sus cunas, no sin antes intercambiar besos y abrazos con ellos.

—No esperaba que unos niños tan pequeños me aceptaran tan fácilmente —dijo Luc finalmente, sintiéndose tan ignorado como Star momentos antes.

—Están muy encariñados con Rory y por eso confían en todos los hombres —dijo ella sin darle importancia.

Luc la miró fijamente con una insondable expresión

en sus ojos negros y los músculos de su magnífico rostro tensos.

–¿Entonces he de esperar que vamos a verte por Inglaterra después del verano? –preguntó Star un tanto crispada–. ¿Sabes? Ya siento nostalgia.

–Hablaremos de ello abajo –dijo Luc, y salió de la habitación.

Ya lo creo que sí, pensó Star, que lamentaba la manera en que Luc asumía el control, y acalló la vocecilla interior que le decía que estaba siendo mala. Pero mejor sentir eso que concentrarse en el potente dolor sordo que Luc era capaz de provocarle por el mero hecho de estar en la misma habitación.

Se había servido café en el salón principal cuando Star bajó por fin. Mientras jugaba con Venus y Marte, Luc se había mostrado más relajado que nunca. Sin embargo, había recuperado la fría y distante expresión, y en cuestión de segundos, su ansiedad se reavivó. Si Luc pensaba recriminarle la nueva situación, quería acabar con el asunto lo antes posible.

–¿Y bien? –instó ella valerosamente.

–¿Café? –invitó él gentilmente.

–¡El café me sienta mal cuando estoy nerviosa!

Luc se sirvió una taza con la calma que tanto la enervaba.

–¿Y bien? Venga. ¡Dilo!

–¿Qué es lo que quieres que diga? –Luc alzó una ceja en gesto educadamente inquisitivo.

Star se giró sobre sus talones, rebosante de frustración, haciendo tintinear las pulseras que decoraban su delgada muñeca.

–¡Que si no me hubiera metido en tu cama ahora no serías padre!

–Sabía lo que hacía, *mon ange*.

Star se giró nuevamente y lo miró confusa.

–¿Acaso viste que me opusiera? –añadió Luc con sequedad.

Star se sonrojó.

–Naturalmente que no –se respondió Luc–. Estaba disfrutando demasiado para detenerme, y no te protegí de un embarazo. La responsabilidad es enteramente mía.

Su absoluto autodominio terminó por desconcertarla.

–No tienes que cargar con toda la culpa –empezó ella, mostrándose más justa que de costumbre–. Yo sabía…

–No sabías nada –terció Luc, torciendo la boca con ironía–. ¿No es ese el centro de la cuestión?

Star se puso roja como un tomate. Debería haber sabido algo respecto a la concepción, pero entre el internado y la cuidadosa supervisión de Emilie no había tenido muchas oportunidades para experimentar.

Luc tomó en la mano los certificados de nacimiento y los ojeó con decidida fascinación.

–Viviene y Maximilian… Viviene y Max Sarrazin –probó con suavidad.

–Conocidos como Venus y Marte –apuntó Star, deteniéndose en medio de la habitación.

–Pero no dejan de ser mis hijos, y serán educados aquí, en la casa familiar –Luc estaba inmóvil junto a la magnífica chimenea.

–¿De qué estás hablando? –preguntó ella.

Los ojos oscuros de Luc le sostuvieron la mirada sin vacilar.

–Creo que deberías sentarte y tomar un poco de café. Tanto recorrer la habitación a un lado y otro te ha debido de marear…

–¡No estoy mareada! Y tampoco quiero sentarme.

–Y yo no quiero discutir contigo, pero si te empeñas en tratar el asunto, terminarás perdiendo –le advirtió él.

–¿Eso crees? –dijo ella, cuyos ojos despedían fuego de pura rabia–. Cinco minutos después de saber que eres padre y ya estás dando órdenes.

–Y debería añadir que la ley, al menos la francesa, se pondrá de mi parte –dijo él con fría exactitud.

–¿Qué intentas decirme? –preguntó ella, rígida y con el vello erizado.

–Que si vieran el hogar en el que tenías a mis hijos en Inglaterra un tribunal francés me daría la razón.

–Me estás amenazando… –Star se había puesto pálida.

–Te sorprende. ¿Por qué? Lamentablemente, los mellizos tienen más derecho a ser tratados con mimo en este momento que tú, *mon ange*.

–Me estás amenazando… –repitió ella sin salir de su asombro.

–Deberías saber en que situación estás. Entre la espada y la pared –dijo Luc, solícito, por si era demasiado torpe para captar el mensaje–. ¡De ninguna manera dejaré que te lleves a mis hijos de mi casa después del verano!

–No puedes…

–Sí que puedo detenerte. No me gustaría verme obligado a utilizar determinados métodos, pero lo haría –replicó él llanamente–. Has tomado algunas decisiones poco adecuadas desde el nacimiento de nuestros hijos…

–¿Como cuál?

–A pesar de que vivías bajo el umbral de la pobreza, no me informaste de su nacimiento ni me pediste ayuda económica. Y hasta yo conozco la aceptada autoridad que afirma que las necesidades de un niño deberían ser prioritarias –Luc le lanzó una mirada de reproche–. Al tratar de criar a nuestros hijos en un entorno poco deseable, además de negarme mis derechos como padre, fracasaste como progenitor responsable y maduro.

Los suaves labios de Star se abrieron con horrorizada incredulidad ante el juicio de Luc.

Este la miró fijamente al tiempo que hacía un gesto irónico y desdeñoso con la mano.

–Ahora bien, no creo que sea justo juzgar a la adolescente que eras en el momento del nacimiento. Pero tienes que aceptar que en una disputa por la custodia te enfrentarías a mí, y ni mi peor enemigo podría tildarme de inmaduro o irresponsable.

Una impresionante conclusión. Cuando terminó de hablar, había logrado meterle el miedo en el cuerpo.

–Simplemente no comprendo nada… –Star se esforzó por controlar sus turbulentas emociones–. Nada más enterarte de que los mellizos son hijos tuyos, empiezas a amenazarme con quitármelos…

–No es mi deseo ni mi intención. Pero, irónicamente, es exactamente lo que tú me hiciste antes de bajar del piso de arriba –dijo Luc con calma–. ¿Esperabas que saltara de alegría cuando me dijiste que sentías nostalgia y hablaste de regresar a Inglaterra?

Star enrojeció y apartó la vista con incomodidad.

–No… pero, bueno, de acuerdo, puede que fuera una amenaza –murmuró por lo bajo.

–Gracias. Pero aunque finalmente me has dicho que son hijos míos, no pareces comprender el tremendo impacto que eso tendrá en nuestras vidas.

–¿Pero por qué habría de cambiar nada? No tengo problema en dejar que los veas todo lo que quieras…

–¿Podrías explicarme por qué no puedes aceptar que debería querer a mis hijos tanto como tú? –preguntó él sin comprender.

La perplejidad de Star y el miedo se convirtieron en pánico al oírlo.

–¡Porque no me querías a mí, no querías estar casado conmigo, por todos los santos! ¿Por qué iba a pensar que te alegraría que te endosaran dos niños por culpa de un matrimonio fingido? ¡Pensé que te pondrías furioso si te enterabas de que estaba embarazada! ¡Pensé que querrías que abortara! Pensé que te indignarías conmigo por haber dado lugar a semejante problema…

–Así que, a partir de unas absurdas suposiciones, creaste un verdadero problema. No le veo el sentido

–admitió Luc con una extraña media sonrisa–. Claro que pocas cosas de las que haces tienen sentido para mí, por lo que no importa. Lo que sí importa es que te estás enfadando mucho.

–¿Y te sorprende?

–¿Qué clase de padre podré ser si no vivimos en el mismo país? No puedo aceptarlo. Tal vez he exagerado, pero hay lazos que te unen a Inglaterra que me gustaría que olvidaras.

Star parpadeó atónita, incapaz de respirar. ¿Lazos? ¿Qué lazos?

–Me refiero a Rory –aclaró él sin dudarlo–. No me quedaré sentado viendo cómo un amante ocasional ocupa mi lugar con mis hijos.

A punto estuvo de decirle que nunca se había acostado con Rory, pero entonces la rabia y el orgullo superaron las ganas de decirle la verdad.

Star hizo entonces un movimiento brusco cuando Luc se estiró para tomarle las manos fuertemente enlazadas y acercarla a sí.

–¿Qué estás haciendo? –dijo ella, ahogando un grito.

–Una vez me dijiste que lo único que querías era ser mi esposa, y que si no podías tenerme, tu vida dejaría de ser una vida… se reduciría a existir, privada de luz y alegría, pero que por dentro solo querrías morir –recitó él con su intenso acento.

Star se quedó de piedra. Las palabras le resultaban vagamente familiares. Su nota… ¡eran de su nota de despedida dieciocho meses atrás! Sus pestañas vibraron levemente y finalmente bajó los párpados, porque en ese preciso momento no podía mirar a Luc.

–¿Y te preguntas que por qué hice dragar el foso…? –murmuró Luc con ternura–. Pero ahora te pido que apoyes con hechos tus palabras.

–¿Que… que las apoye con hechos? –titubeó ella con impotencia.

–Sí, y te comportes de acuerdo a todos esos hondos sentimientos... *ah, non* –Luc la riñó amablemente cuando ella trató de zafarse de él.

–¡Tratas de burlarte de mí! –lo acusó airadamente.

–No. Por el bien de nuestros hijos, te estoy retando a que olvides a ese Rory y te concentres en mí y en nuestro matrimonio –la contradijo él–. Acepto que será todo un reto para ti. Pero espero que, aunque no puedas recuperar tu entusiasmo original, algún día vuelvas a ser feliz conmigo.

Una mezcla letal de dolor y humillación la inundó. ¡Así que eso era lo que buscaba! La posesión total de Venus y Marte con ella como útil adjunto al frente del hogar familiar. El dolor más virulento la sacudió. De pronto, Luc ya no quería divorciarse, pero no era por ella. ¡Lo que ella había deseado durante dieciocho interminables meses estaba dispuesto a dárselo después de pasar media hora con sus hijos! Era una crueldad insoportable.

–¿Tienes frío? ¿Por qué estás temblando? –preguntó él un tanto inquieto.

–¡Sapo insensible! –le espetó ella amargamente, los ojos aguamarina brillantes de dolor e indignación mientras se zafaba de él y se dirigía hacia la puerta–. ¿Cómo te atreves a pedirme algo así después de lo que me has hecho pasar? ¿Sabes? ¡Puede que seas el más inteligente de los banqueros, pero no creo que sepas absolutamente nada de la vida!

Luc alcanzó la puerta primero y la cerró de golpe mientras trataba de buscar qué era lo que había hecho mal.

–Cálmate –le ordenó.

–¡Apártate de la puerta o te tiraré algo a la cara!

–Si te apetece destruir algo por capricho, adelante.

–Eres peor que una puerta giratoria...

–¿Una puerta... giratoria? No me tengas en suspense, *mon ange*. ¿En qué me parezco a una puerta giratoria?

–Un minuto y estás aquí, y al siguiente ya no estás, y de nuevo regresas segundos después... cambias de opinión constantemente ¡y me da vueltas la cabeza! –lo acusó ella, alzando la voz temblorosa–. Creo que no sabes lo que quieres, pero en cuanto vuelvo a desearte, me apartas de tu lado...

–Contrólate.

–¿Que me controle? –repitió Star, alzando aún más la voz–. ¡Dios, esta sí que es buena! Contrólate, pero no en la cama. ¿Crees que quiero terminar siendo tan remilgada y estirada como tú? Creo que ni siquiera sabes lo que ocurre dentro de tu estúpida cabeza. ¡Creo que cuando estás conmigo son tus hiperactivas hormonas masculinas las que te controlan! Y no te gusta, ¿verdad? Porque me da cierto poder. ¡Y eso te enfurece, Luc Sarrazin!

Star percibió la ira en los ojos de él y se le subió a la cabeza como si fuera alcohol porque, al menos, era satisfactorio comprobar que tenía razón, y aunque no le hubiera hecho daño, sí lo había enfurecido. Aquello probablemente era lo más cercano que llegaría a estar de hacerle perder los estribos. Con un abrupto movimiento, Luc se apartó de la puerta.

Suponiendo que eso significaba que había retrocedido, Star salió por la puerta. Pero se detuvo para echarle una hirviente mirada de abierta incitación por encima del hombro.

–Y no me hace falta ser alta, rubia y sofisticada. Eso es lo peor de todo, ¿verdad?

–Si quieres oír lo que de verdad pienso, sigue hablando.

Star salió al vestíbulo y aún se volvió una vez más.

–Seguro que podrías haber tragado conmigo como esposa si...

–¿Te callarás? –terció él salvajemente.

–No, si hubiera sido legítima, rica y esnob. ¡Me habrías considerado especial!

Luc se abalanzó sobre ella y la levantó del suelo.

–Bájame, Luc…

–¿Para que tenga que perseguirte por uno de los castillos más grandes del Loira? De verdad debes de creer que soy estúpido, *mon ange*.

–¡Creo que eres un estúpido si piensas que una cavernícola demostración de fuerza bruta como esta hará que me calle y deje que me pisotees como si fuera un felpudo!

Luc no dijo nada, pero tensó la mandíbula de forma agresiva mientras subía a toda prisa los escalones con ella a cuestas y atravesaba el descansillo.

–¡Espero que te dejes la espalda haciendo esto! –lo atacó, buscando una nueva reacción.

–A pesar de tener el temperamento de una pescadera, no pesas más que una muñeca –respondió él, abriendo con el hombro la puerta del dormitorio tras lo cual la cerró de una patada, atravesó la habitación y la dejó caer sobre la cama–. ¡Pero si consigues enfadarme lo suficiente, te aseguro que no soy tan remilgado como para no igualarme a ti en decir groserías!

Irguiéndose en la cama, Star dejó caer la cabeza hacia atrás y dirigió una mirada de desprecio al hombre que tenía delante.

–¿Para qué me has subido aquí? ¿Para que los empleados no nos oigan?

Luc retrocedió varios pasos mientras se quitaba la corbata y tiraba la chaqueta al suelo.

–Si crees por un momento que tengo la intención de dejar que me…

–¿Dejarme? –preguntó él tras una insolente valoración rebosante de seguridad en sí mismo–. Me dejarías hacértelo en medio de una tormenta, aunque los rayos golpearan el suelo a nuestro alrededor y una orquesta estuviera tocando a nuestras espaldas.

–¿Cómo puedes ser tan…?

–Y no prestarías atención a la tormenta ni a la música porque estarías absorta en lo que soy capaz de hacerte sentir –se burló él, quitándose la camisa con tanta impaciencia que algunos botones saltaron en todas direcciones–. ¿Y dices que mis hormonas son hiperactivas? Antes de casarme contigo, me comías vivo con la fuerza de tu deseo.

–¡Yo nunca me acerqué a ti en ese sentido! –se defendió ella con las mejillas rojas como la grana.

–¿Acercarte? ¿Para qué si ya satisfacías tus deseos con la vista? Por entonces, creía que no sabías lo que hacías; ahora sospecho que lo sabías demasiado bien.

–¡Era virgen!

–No había nada virginal en la forma en que me mirabas.

–¿Con cuántas vírgenes te has acostado?

–Una es más que suficiente –replicó él lleno de ira.

–Te fastidiaba que te deseara, ¿verdad? –dijo ella entre dientes, siseando como un gato rabioso–. Pero no me evitaste… como deberías haber hecho si no querías darme ánimos.

–*Mais c'est insensé*… ¡Eso es una locura! ¡Supuse que cuanto más me vieras, más te darías cuenta de que era demasiado mayor y aburrido para ser objeto de tan excesiva adoración! –replicó él.

–No era excesiva. ¡Yo te amaba! Y solo eras aburrido cuando hablabas de tu estúpido banco.

Una línea de oscuro rubor tiñó las mejillas de él ante aquella confirmación carente de tacto.

–No entendía nada de lo que decías y mi mente volaba todo el tiempo hasta que solo oía el so… sonido de tu voz.

El titubeo se debió a que Luc acababa de quitarse los pantalones.

–Solo un tonto se casa con una cabeza de chorlito, así que tengo lo que merezco.

–No soy una cabeza de chorlito… –aunque no podía concentrarse en nada al verlo casi desnudo delante de ella.

–Una cabeza de chorlito que solo piensa en el sexo –ronroneó Luc con increíble desprecio–. Que, después de una separación de más de dieciocho meses, se acostó conmigo a la hora de reaparecer en su vida.

–Oh… ¡oh!

–De acuerdo, yo te lo pedí… pero si hubieras tenido sentido de la moral me habrías dicho que no –la acusó al tiempo que se apoyaba en la cama–. Me avergoncé por ti cuando desperté a la mañana siguiente.

–¿A la mañana siguiente? –Star forzó una áspera risa–. ¿No ves cómo se repite la historia? Igual que la única otra noche que pasé contigo. ¡Estás tan furioso por haber sucumbido que me castigas por ello!

–Eso no es cierto… –remarcó la afirmación tomándole el rostro entre las manos–. Me levanté a la mañana siguiente de aquella primera noche y te miré y tú abriste los ojos…

–¡Qué atrevimiento por mi parte! ¿Se suponía que tenía que esconderme debajo de las sábanas avergonzada por haber pasado la noche con mi marido?

–Lo que vi fue una adolescente embelesada conmigo que no podía pensar con claridad. Estaba enfadado y avergonzado por no haber podido controlarme y haberme aprovechado de…

–¡No me digas que fue eso lo que sentiste! –chilló Star, horrorizada–. Fue maravilloso… aún me sigue pareciendo un recuerdo maravilloso… ¡y no te aprovechaste de mí!

–No lo ves, ¿verdad? Aquella mañana necesitaba de verdad mirarte y ver a una mujer adulta, pero yo solo podía recordar a la niña vulnerable que había recogido en México… –vaciló y frunció el ceño–. Nunca crecerás, al menos de la manera como lo haría una mujer de personalidad menos apasionada.

–Oh, muchas gracias. Pues si creíste que decirme que fuera a experimentar con chicos de mi edad era una forma de ayudarme, no puedo tener demasiado buena opinión de tus consejos.

–No sabes cuando parar, ¿verdad?

Sin previo aviso, Luc la tomó en sus brazos y se levantó para posarla de nuevo en la cama con él.

El calor que emanaba de su cuerpo atravesó el tejido del vestido y un escalofrío la recorrió. Sabía que no iba a decirle que no. Y sabía que él también lo sabía. Una diversión muy masculina brillaba en sus ojos negros. Le apetecía abofetearlo, pero no quería apartarlo de ella.

–De acuerdo, entiendo que puedo suponer que seguiremos casados –dijo él, sosteniéndole la mirada en gesto inquisitivo.

Star se puso tensa, los ojos fijos en el suave hombro de él. ¿Seguir casados por los niños? ¡Maldito Luc Sarrazin por plantear aquella afirmación que en realidad era una pregunta justo en ese momento! Justo mientras su cuerpo la cubría por completo y ella solo deseaba unirse a él. ¿Si decía que no, la echaría de la cama?

Star apoyó la frente en el hombro de Luc.

–Ya hablaremos de eso después –murmuró.

Luc cambió de posición, la colocó a horcajadas sobre él y le sacó el vestido.

–Mejor sin vestido, *mon ange* –dijo, fijando la mirada sobre las curvas desnudas de sus pechos erguidos con ardiente apreciación.

Star se sonrojó cuando sus pezones se endurecieron. Luc se tensó y tiró de ella hacia él.

–Me alegro de que te hayas cansado de discutir –gimió, cerrando la boca con ansia sobre uno de los pezones.

Al hacerlo, una oleada de intensa excitación dejó a Star sin respiración. Cerró los ojos entre jadeos mientras él le acariciaba el otro pezón con dos dedos y tironeaba de él. Star sentía verdaderas corrientes de deseo cuando Luc la hizo rodar hasta colocarla de espaldas, y le quitó las bragas con mano firme.

La contempló entonces con ojos satisfechos. Ella abrió los suyos, que colisionaron con el escrutinio al que estaba siendo sometida y ahogó un gemido de desesperada necesidad de ser acariciada. De pronto, le avergonzó constatar el poder que tenía aquel hombre sobre su débil cuerpo.

—No me mires así…

—Siempre me excita ver cómo respondes a mis caricias. No puedo evitarlo —murmuró él con voz ronca, contemplando sus curvas desnudas con devoradora atención—. La última vez que estuviste aquí, me pasé todo el tiempo preguntándome, ardiendo, fantaseando…

—¿Conmigo? —su sensual sonrisa era tan natural en ella como respirar.

—Y tratando de averiguar qué tenías que me atraía tanto —Luc pasó una acariciadora mano por encima de sus sensibles pechos, sonriendo perezosamente mientras ella arqueaba la espalda.

—¿Oh…?

—Eres tan pequeña, pero tan bien proporcionada. Tus ojos son de un color precioso, y tu boca… cuando miro esa boca deliciosa, me pongo… —Luc habló con voz pastosa, como si cuanto más dijera más insoportable se le hiciera resistirse a seguir hablando así de ella.

Ella captó el mensaje cuando él la besó con la avidez que ella deseaba, pero por un segundo su cerebro actuó por otro lado y un único pensamiento emergió. Luc le estaba hablando por fin, pero no sería buena idea mencionarlo porque probablemente él no se hubiera dado cuenta de que lo estaba haciendo. Y cuando su lengua penetró con fuerza salvaje en su boca, se volvió loca.

—Me excitas de una manera increíble —murmuró él entre gemidos, apartándose para quitarse los calzoncillos.

Star parpadeó sorprendida. Dios, seguía hablando.

Lo miró ligeramente preocupada y decidió que tenía que ser por el estrés. Entonces Luc regresó, todo su magnífico cuerpo tenso de deseo, y ella extendió las palmas para acariciar el vello rizado que cubría su torso, empapándose del placer de sentir el calor y la masculinidad que emanaba de él.

Este se estremeció y aplastó sus labios contra los de ella, sometiéndola a una sensual exploración, saboreándola hasta que le causó una cadena de pequeños estremecimientos en lo más profundo de su ser.

–Estás muy callada –dijo él con un hilo de voz, casi decepcionado, para incredulidad de Star.

–Yo… no puedo pensar cuando estás tan cerca de mí, Luc… solo puedo sentir.

Y lo que sentía era una indescriptible impaciencia, estremecimientos, la piel ardiente y tensa, y el dolor sordo que enviaba vibraciones de frustración a cada terminación nerviosa.

–Un hombre debería tomarse su tiempo para hacerle el amor a su esposa –Luc le lanzó una sonrisa de pura malicia.

La combinación de esa sonrisa y la referencia medio en broma medio en serio al hecho de que era su esposa la sorprendió. La abrazó como si tuviera todo el tiempo del mundo mientras ella le clavaba los dedos en el hombro, arrancándole una carcajada que nunca antes le había oído, y a continuación unió su boca a la de ella relanzándola a una nueva explosión de sensaciones.

La tocó por todas partes menos en el lugar que ella más anhelaba. Le descubrió zonas erógenas desconocidas. Enlazó un collar de mordiscos a lo largo de su garganta hasta que creyó que iba a estallar en llamas. Le lamió los dedos y sintió que hasta los huesos se le licuaban. Después, recorrió sus muslos con las palmas extendidas hasta hacerla arder en un absoluto tormento. Cuando empezó a seguir la curva de sus caderas, ella lo abrazó contra sí con un tempestuoso gesto.

–Si no… –gimió.

Entonces lo hizo, y nada podría haberla apartado de aquel delicioso tormento. Ni los rayos, ni los truenos ni una orquesta. De su boca escaparon sonidos que ella no reconocía como propios mientras se retorcía y arqueaba hasta que la cubrió con su cuerpo.

Luc también se estremecía, el sudor perlaba su piel dorada, sus manos estaban tensas e impacientes al acomodar el cuerpo femenino bajo el suyo, los ojos brillantes de deseo descarnado. Penetró en ella con una embestida hambrienta y Star soltó un grito descontrolado, rebosante amor por él hasta el punto de que el placer se le hizo insoportable. A medida que la hacía avanzar por el sendero del placer con largas y potentes embestidas, Star sintió una última oleada que la llevó a la cúspide y se abandonó a la sensación, jadeando, estremeciéndose, gimiendo su nombre en voz alta.

–Creo, *mon ange*, que podré acostumbrarme a estar casados de verdad con notable entusiasmo –gimió Luc en su pelo.

Ella se removió con indolencia contra él, arrullada por una maravillosa sensación de paz y saciedad. Luc observó la abstraída expresión de Star y se rio suavemente.

–Aún no has vuelto a la tierra.

Siguió entonces el perfil de sus labios enrojecidos con un dedo y le regaló esa encantadora sonrisa suya que le llenaba el corazón de felicidad.

–No dejes de sonreírme así… –susurró ella.

–Creo que eso puedo prometértelo –su acento era ronco y sensual mientras rodaba hacia un lado de la cama más fresco, llevándola consigo en un gesto poderosamente posesivo y cubriéndole la boca con la suya.

Era como si mundo se detuviera cuando la besaba. Lo envolvió en sus brazos con inevitable avidez, paladeando la sensación húmeda y dura de su cuerpo relajado, consciente de que volvía a desearlo.

Levantando la cabeza, Luc la contempló con aquellos increíbles ojos.

–Cuesta creer que esta misma madrugada estaba borracho y me subía por las paredes de frustración sexual… y míranos ahora.

Fue como si las palabras de Luc apretaran el botón de alarma de Star. Parecían sugerir que para él todo había quedado solucionado. Creía que ella había aceptado a seguir casada con él.

Por el bien de los niños, había dicho, ¿pero acaso ella no seguía amándolo? ¿No era eso lo máximo que Luc podría ofrecerle jamás? Pero por otra parte, ¿hasta qué punto podía confiar en lo que Luc le estaba diciendo?

–Vamos a ver… –dijo ella un tanto incómoda, apartándose de él con gran esfuerzo–. Anoche sin ir más lejos hablabas como si me odiaras.

–¡Pero eso era porque creía que el padre de los niños era otro hombre! Tú no te habías molestado en sacarme de mi error, *mon ange*.

Cierto, pero a ella nunca se le había ocurrido tratar de comprender lo que ocurría en la cabeza de Luc. Aunque sospechaba que, cuando tenía que ver con sus sentimientos, el sentido de la proporción y la lógica desaparecían, dejándolo vulnerable.

–Pero desde que me encontraste en Inglaterra no has dejado de decir que querías divorciarte.

–Entonces es eso lo que te preocupa. Pero, naturalmente, mis prioridades han cambiado. Ahora tenemos que pensar en los niños. Necesitan tanto a su madre como a su padre. Tú y yo tuvimos una niñez que dista mucho de ser idílica, pero juntos, nos apoyaremos mutuamente como padres para que su experiencia sea muy distinta.

El corazón de Star dio un vuelco. Había vuelto a ponerlo en una encrucijada cuando menos lo esperaba, pero podría haberle mentido y fingir que su papel en la reconciliación era algo más que de madre de los niños.

Luc estaba decidido a no abandonar a Venus y a Marte. Pero los niños y las buenas intenciones no bastaban para sustentar un matrimonio. ¿Por qué él, siempre lógico, estaba siendo tan ilógico? ¡Era ella la que siempre perseguía objetivos idealistas!

—Creo que deberíamos hacer un repaso de cómo ha ido nuestro matrimonio cuando termine el verano y no tomar decisiones apresuradas hasta entonces —murmuró Star finalmente, la cabeza gacha.

Luc apartó la sábana y salió de la cama. Ella lo observó mientras se ponía los calzoncillos y los pantalones. Su amplia espalda bronceada expresaba hostilidad en sus movimientos. El ambiente había cambiado drásticamente.

—¿Luc? —dijo ella con tono aprensivo.

Él se giró y la miró con gesto adusto.

—Explícame exactamente lo que quieres decir. Quiero estar seguro de que no te he entendido mal.

—Que esperemos a ver qué tal nos va hasta que termine el verano…

—¿Dejas abiertas tus opciones hasta entonces? —la incredulidad envolvía sus palabras.

Ella asintió. Era lo mejor para evitar hacerse demasiadas esperanzas.

Luc centró la vista en un punto a un lado de ella, e inspiró profundamente varias veces, hinchando su enorme pecho.

—¡Nada de eso!

—Pero…

—¡Al acostarte conmigo otra vez sabías que yo creía que aceptabas mis condiciones! —la interrumpió él, haciéndola callar con un brusco movimiento de la mano.

—Te deseaba demasiado… ¿es que no puedes aceptarlo? —dijo ella, agachando de nuevo la cabeza.

–¡Eres mi esposa, pero te comportas como una mujerzuela descarada!

–No lo dices en serio –dijo ella, mirándolo esperanzadamente, pero se encogió al chocar con los ojos negros y desafiantes.

–Anoche te oí decirle a Rory que lo querías –la acusó.

–Oh… –concentrada en algo que para ella era más acuciante, Star dijo–: ¿Te vas a disculpar por haberme llamado «mujerzuela descarada»?

–¡Ni muerto!

–De acuerdo… esta conversación ha terminado hasta que te disculpes –y bajo la mirada gélida de Luc, Star se dejó caer nuevamente sobre la almohada y cerró los ojos.

–¡Rory no estaba en tus pensamientos la otra noche en Inglaterra… y tampoco hace diez minutos, cuando gemías como una salvaje debajo de mí!

–Y cuando tú gemías como un salvaje encima de mí. Estamos empatados.

–¿Cómo puedes hablar con tanta crudeza? –dijo Luc, que parecía sinceramente estupefacto.

–Lo he aprendido de ti. Pero al menos yo nunca he escuchado a escondidas una conversación telefónica privada… Y quiero a Rory, pero solo como amigo… ¿de acuerdo?

–¡No, no estoy de acuerdo! –vociferó él–. No tendrás más contacto con él. ¡Y si crees por un momento que aceptaré ser tu semental a prueba durante el verano, es que estás loca de atar!

–Yo no me preocuparía por eso. No tengo intención de volver a acostarme contigo, Luc Sarrazin. ¿Vas a disculparte? Porque si no es así, puedes irte.

En el silencio que sobrevino, Luc cerró los ojos y contó hasta diez, y después hasta veinte. Se sentía como si fuera a explotar de la ira que le provocaba aquella mujer. ¿Que quería a Rory como amigo? ¡Seguro que se había acostado con él! Todos esos meses en los que él había estado… ¿Quién había sido el imbécil que le había dicho que experimentara?

Star despertó un par de horas después y encontró una nota sobre la almohada a su lado. La tomó con el ceño fruncido, reviviendo lo sucedido con Luc.

Cita urgente. Lo siento. Luc.

Se había ido. Ella lo había forzado a volver a París. Los ojos le escocían por las lágrimas. Habían sido treinta y seis horas de martirio, pero no podía soportar que se alejara tanto de ella, especialmente después de una pelea tan violenta. Lo único que había hecho era pelearse con él. Con él, que no soportaba las escenitas. De acuerdo, no había sido la invitación a seguir casados más tentadora, pero también ella podía haber tenido más tacto. Se había quedado estupefacto cuando le había dicho que prefería el período de prueba al desafío constante de por vida.

Ni siquiera tenía su número de móvil. No sabía cuándo volvería. Cinco palabras y una de ellas su nombre. Enterró la cara en la almohada y rompió a llorar.

Capítulo 8

HACIA las tres de la tarde, Star se quedó por fin sin lágrimas. Tal como le había dicho Luc, el resto de sus cosas llegaron y estaba organizando una sala de trabajo para ella.

Había elegido una habitación de la planta baja donde la luz era especialmente buena y la vista muy inspiradora. La tienda que le había comprado sus primeras pinturas se había interesado por el resto de su trabajo. Y en vista de que no sabía lo que ocurría entre Luc y ella, tenía que esforzarse por forjarse una carrera como artista. En cualquier caso, ser independiente sería bueno para su autoestima.

Seguía sintiendo un leve, pero constante anhelo, recuerdo de la irritante ausencia de Luc y de su propia debilidad. Normal que se hubiera enfurecido con ella. Él siempre sabía qué era lo mejor. Aunque no necesariamente sabía lo que era mejor para ella. Tal vez él fuera autosuficiente, pero ella necesitaba más. Y no se había dado cuenta hasta que le había sugerido que siguieran juntos por el bien de los niños.

Sabía que Luc jamás se enamoraría perdidamente de ella, pero sí tenía que respetarla, preocuparse por ella y dejar de tratarla como a una niña grande que no tenía opiniones sensatas.

Una criada apareció en la puerta para decirle que tenía una llamada.

–Soy Luc.

Star se puso rígida, furiosa aún con él por la insensible forma en que se había ido mientras ella dormía.

–Lo sé. No me lo digas. ¿Demasiado trabajo para venir a cenar?

–Me temo que por alguna razón se me pasó que tenía una reunión de urgencia sobre la crisis actual de los mercados de valores…

No lo creía. A él nunca se le pasaba nada. Simplemente no quería ir a casa.

–¿Y dónde es la reunión?

–En Singapur.

Horrorizada, se miró los nudillos blancos de tanto apretar el teléfono. ¿Pero cuántas horas duraba el viaje? Se le quitaron todas las ganas de pelear.

–Es imposible que otra persona asista en mi lugar –explicó él con ostensible tensión–. Sé que es muy inoportuno en lo que respecta a nosotros, pero mi responsabilidad como presidente es asistir. Volveré la próxima semana…

–¿La próxima semana? –repitió descorazonada, llevándose la mano a los labios a continuación por haber perdido el control así.

–Preferiría quedarme contigo y los niños. Por favor, comprende que a veces no tengo opción –dijo con un hilo de voz tenso.

–Oh, no te preocupes por nosotros. Estaremos bien, y estoy segura de que estás muy ocupado, así que no te entretendré más. ¡Que tengas buena semana!

Se dejó caer en el sillón más próximo como si acabara de derrumbarse el suelo bajo sus pies. Una semana. ¿Qué le estaba ocurriendo? Había vivido sin él mucho tiempo. De acuerdo, no había sido feliz, pero había dejado de depender de él. Era irritante que apenas dos días lo hubieran cambiado todo.

Luc llamó a horas intempestivas el resto de la semana. Los silencios eran incómodos. Entonces uno o los dos hablaban al tiempo, normalmente para decir, o preguntar en el caso de él, algo sobre los niños. El teléfono era una herramienta de trabajo para Luc. No charlaba.

El día antes de la fecha en que se suponía que Luc regresaba, Star se llevó a los niños de picnic al bosque. Hacía una agradable tarde. El sol de principios de verano se colaba por el dosel formado por los árboles. Mientras los niños dormían su siesta en su carrito, Star se estaba adormilando en la manta cuando oyó un leve sonido y levantó la cabeza. Abrió sus expresivos ojos como platos y se le cerró la garganta.

Luc se detuvo a unos metros. Con un elegante traje de color crema que acentuaba el oscuro pelo y la piel bronceada, estaba para comérselo. Sintió que se le secaba la boca y el corazón le dio un vuelco.

–¿Luc… cómo demonios…? ¡Quiero decir… no te esperaba tan pronto! –levantándose torpemente entre el revuelo de los pliegues de su falda larga, se puso en pie por fin, descalza, pero se detuvo a escasos centímetros de él al recordar la intención que se había marcado de saludarle con frialdad.

–¡No, no estropees la bienvenida! –con abierta diversión al percibir la consternación de ella, Luc extendió los brazos y la arrastró hacia sí–. Creo que me has echado de menos…

–Es solo que me ha sorprendido verte ahí. ¡Me has asustado! –Star se había sonrojado violentamente.

–Con esos ojos, no puedes mentirme… simplemente no puedes, *mon ange* –la reprendió tiernamente mientras le levantaba con un dedo la barbilla, e introducía lentamente los dedos en su pelo–. ¿Y por qué habrías de mentirme?

Star trató de luchar contra las sensaciones que la embargaban, pero terminó sucumbiendo a la súbita pasión de Luc cuando aplastó sus labios contra los suyos. Salvajemente excitada por su sabor, lo rodeó con sus brazos, temblando al comprobar la potente excitación de él.

–Tenemos público… –dijo Luc, separando la boca y sujetando a Star por los hombros para que no perdiera el equilibrio.

Entonces se acercó al carrito y se puso en cuclillas delante, mirando con atención a Venus, que le extendía los brazos en señal de emocionada bienvenida. Star, que lo vio, se puso rígida y se mordió el labio inferior.

–Star… –dijo él, extendiendo su mano.

–¿Qué?

–Tengo tiempo para ti, pero también para mi hijo y mi hija –murmuró suavemente.

El rostro de Star se encendió y agradeció sinceramente que no la estuviera mirando. Sin embargo, tiró de su mano para que se agachara a su lado, y le pasó la mano por los hombros.

–Esto es lo que quiero que vean. A sus padres juntos y relajados –dijo con la misma suavidad–. Aparte de en bodas o funerales, nunca veía a mis padres juntos. Se odiaban. Solo se comunicaban por teléfono y yo creía que eso era lo normal. Que en todas las familias era así. Por eso quiero algo mejor para mis hijos –continuó Luc–. Porque sé el coste de tener menos. No estoy preparado para jugar a estar casados mientras tú decides qué quieres hacer.

–No estaba sugiriendo que…

–Sí lo hiciste… y si desde el principio crees que será un fracaso, habrá más probabilidades de que así sea –la soltó y se puso de pie.

–Yo no lo veo así –dijo ella totalmente frustrada.

–No dejaré que me pongas a prueba –dijo él con la mirada velada.

–¡No te estoy poniendo a prueba, por todos los santos!

–¡Ya me he perdido el primer año de vida de mis hijos y tú sigues esperando que me pase los próximos meses preguntándome si terminaremos peleando por ellos en un tribunal!

Atónita ante semejante afirmación, Star tragó con dificultad.

–Y no solo eso –continuó Luc con frialdad–. Al mismo tiempo esperas que me comporte como si nuestro matrimonio fuera normal y te trate como a una esposa, un lazo que requiere cierta medida de confianza y seguridad. ¿Qué crees que soy? ¿Un tipo con doble personalidad?

–¿Cuánto has tardado en elaborar ese argumento? –preguntó ella con curiosidad, los ojos abiertos como platos.

Desconcertado por la pregunta y por la forma en que lo miraba, Luc frunció el ceño.

–No importa. Tengo que admitir que no puedo evitar debatirme entre el resentimiento y la admiración. Tienes razón y te has cargado mi argumento –añadió.

Sin más, se calzó las sandalias y dobló la manta con cuidado. Después se la dio a él y ella se ocupó del carrito, que dirigió hacia el sendero. Miró hacia atrás y vio que Luc seguía inmóvil como una estatua devastadoramente hermosa.

–¿Vienes?

–Lo que acabas de decir… –dijo Luc, siguiéndola por el sendero–. ¿Qué has… querido decir?

–Te lo diré cuando lo sepa. Mmm… –suspiró con una sonrisa resplandeciente–. Me encanta el olor de los árboles.

–Star, tenemos que solucionar esto…

–Relájate… suéltate la corbata –lo instó ella.

Él quería organizar su matrimonio siguiendo las estrictas normas de su agenda diaria. Nada inesperado, nada fuera de lo normal, todo bajo un control racional y estructurado. No podía evitar ser así. Y discutir con él era una pérdida de tiempo. Su cerebro trabajaba desde un punto de vista multilateral y se dejaba llevar por el instinto. Luc tendría que aprender a aceptarlo.

Cuando llegaron al castillo, jugaron con los bebés

una hora. Después les dieron la merienda y Bertille ayudó a Star a bañarlos a continuación. Después de meterlos en la cuna Star estaba hambrienta y fue a cambiarse para la cena.

Para su sorpresa, Luc no llevaba su traje formal de cena, sino unos preciosos pantalones de estilo informal en color caqui y camisa a juego. Durante la décima de segundo en que sus miradas se encontraron, Star sintió los nervios del estómago atenazados y el pulso acelerado. Era tan consciente de su presencia masculina que se sintió avergonzada.

–¿Dónde está la chaqueta formal? –murmuró en un intento por llenar el silencio, sonrojándose, y apartando la vista de él.

–¿Recuerdas que una vez me dijiste que, cuando me ponía chaqueta para cenar, te recordaba a esos hombres que aparecían en las viejas películas en blanco y negro? –preguntó él con suavidad–. Desde entonces, por alguna razón, no he vuelto a sentirme igual cada vez que me pongo un traje formal para cenar.

–Bueno, los tiempos cambian, aunque no aquí, ¿no? Tu padre se empeñaba en seguir viviendo como hacían vuestros antepasados.

Luc contempló el sencillo vestido amarillo largo y el delicado encaje.

–Pero, a pesar de ello, ahora tú te cambias para cenar.

Star sonrió. No pudo evitarlo: era típico que siempre fueran desacompasados. Pero cuando se vio atraída de nuevo por el magnetismo de sus ojos oscuros, se olvidó de ello, y otro tipo de reacciones más elementales se apoderaron de ella.

–Estás preciosa con ese vestido –dijo él con suavidad–. Hará un contraste perfecto con mi regalo.

–¿Regalo?

Luc tomó una caja envuelta para regalo de la mesa y la depositó en sus manos.

Sinceramente sorprendida, Star se sentó y abrió el paquete. Cuando sacó el collar de los chakras, no daba crédito. Cada gema o cristal había sido exquisitamente tallado y engastado, unidos entre sí por una delicada cadena de oro.

–Es precioso… ¿dónde lo has conseguido?

–Mandé hacerlo mientras estaba en Singapur. Un médico experto en los poderes curativos de los cristales y las gemas me ayudó a decidir cuáles incluir.

–No puedo creerlo… –murmuró ella, examinando cada piedra con interés y emoción al saberse objeto de tan personal regalo–. Esto significa mucho para mí, Luc… y que te hayas tomado la molestia, que hayas hecho el esfuerzo cuando ni siquiera crees en ello…

–Hay base científica en tus convicciones. Ahora que lo sé, puedo comprender mejor el concepto.

–¿Quieres decir que ya no me consideras una loca? –preguntó esperanzada.

–Nunca dije que estuvieras loca.

–Debe de haberte costado una fortuna… aunque eso no cuente mucho, con tu riqueza… pero este es uno de esos regalos tan especiales que… –Star se levantó y le echó los brazos al cuello, con una música en el corazón como si mil violines tocando in crescendo–. ¡Te estás convirtiendo en un hombre maravilloso, Luc!

Luc frunció el ceño con ella en brazos. «¿Convirtiéndome?» De canalla a hombre maravilloso. Una mejoría meteórica. Sabía que le gustaría el regalo, pero no se había imaginado que despertaría en ella semejante respuesta emocional.

–Pónmelo.

Él tomó el collar y abrió el broche mientras ella se giraba y bajaba la cabeza. Sintió el peso de la joya sobre el pecho y, a continuación, la sensual promesa de los labios de Luc besándola suavemente en la nuca. Las rodillas le temblaron y sintió fuego en cada terminación nerviosa, haciendo que ahogara un grito.

–Eres deliciosamente receptiva, *madame* Sarrazin –bromeó él con voz áspera mientras ella se dejaba acunar por sus brazos, atormentadoramente consciente de su cuerpo duro y esbelto.

Él la estrechó fuertemente haciéndola olvidar toda autodisciplina. Instintivamente, se aplastó contra él, arrancándole un ronco gemido.

–Luc… –dijo con un estremecimiento.

–Relájate… –la instó él perezosamente, visiblemente dueño de su control cuando ella se sentía débil de deseo.

Recorrió con manos expertas sus pechos erguidos y Star empezó a removerse y a gemir, arqueando la espalda enfebrecida de deseo. Con un suspiro entrecortado, Luc hizo que se girara y le robó un devorador beso rebosante de deseo. Acto seguido apartó la boca, pero siguió abrazándola hasta que el ardor de Star hubo cedido hasta un nivel más soportable.

–Tocarte no ha sido la mejor de las ideas… –dijo con aliento entrecortado–. Y menos aún cuando acaba de sonar la campana que anuncia la cena.

Star ni siquiera la había oído. Luc la apartó con suavidad.

–Nuestro chef siempre se esfuerza al máximo cuando he estado fuera –explicó él con tristeza–. Probablemente habrá un mínimo de cinco platos y se ofendería mortalmente si no tratáramos, por lo menos, de comer un poco.

Star se tocó el collar varias veces durante la cena. No sabía qué estaba comiendo. No podía apartar la vista de él. Se sentía llena de optimismo por el futuro.

Aguantaron hasta el postre. Entonces Luc apartó el plato y le tendió la mano. Con el rostro acalorado y el cuerpo enfebrecido de expectación, Star se levantó y se unió a él.

–¿Estás feliz? –preguntó ella mientras atravesaban el vestíbulo de la mano por primera vez.

—Es un concepto que no he explorado desde la niñez. ¿Qué se siente? –preguntó él con diversión.

—Creo que se tiene que ser muy desgraciado para poder apreciar lo contrario.

—¿Tienes intención de dormir en el sofá esta noche? –preguntó él con ojos brillantes.

—No… –murmuró ella sin aliento.

—Estoy experimentando la felicidad en este momento, *ma cherie* –dijo él con abierta socarronería.

—Hay cosas más importantes que el sexo, Luc…

—Para la mayoría de los hombres no.

—¿Es algo puramente masculino entonces?

—Decididamente. Y, hablando como un hombre que no pensaba casarse antes de cumplir los cincuenta…

—¿Pero por qué?

—No quería arriesgarme a perder los mejores años de mi vida atrapado en un matrimonio fracasado –dijo él sin dudar.

—No puedes hablar así, Luc.

—Estando tú cerca no –concedió él.

—¿Pero nunca se te ocurrió que pudieras enamorarte locamente?

—Desear a alguien, sí… enamorarme, no.

—Pero yo siempre me siento muy bien cuando estoy enamorada… bueno, la mayor parte del tiempo –añadió ella con tristeza.

De pronto, el silencio los envolvió.

—No te sientes cómodo con esta conversación, ¿verdad?

Luc le apretó la mano con más fuerza conforme notaba que los dedos de ella se iban deslizando.

—Creo que cuanto menos pienses en el amor más felices seremos –dij él con llana convicción.

Star se dio cuenta de que seguía deseando un imposible y Luc acababa de aplastarle los sueños nuevamente.

—Tengo trabajo –dijo, apartando la mirada del rostro preocupado de ella y soltándole la mano.

Star se quedó mirando confusa mientras Luc se ale-jaba y se dirigía hacia la suntuosa escalera.

–¿Quieres que te acompañe? –se agarró a la barandi-lla.

Al pie de las escaleras, Luc se giró y la miró con fría ironía. La mirada la dejó seca, y Star retrocedió.

–Supongo que no necesitas compañía…

Un momento… y se dirigían excitados a la cama. Al instante siguiente era tan poco deseable como una taza de té frío. ¿Habría dicho algo que lo había molestado? Había hablado de amor. Gimió irritada por no poder controlar su lengua cuando estaba con él. ¿Por qué siempre tenía que mostrarse él tan susceptible? No, más bien burlón, incluso asqueado.

¿Y era culpa de ella? ¿Qué hacía que un hombre pa-sara del entusiasmo a la frialdad? ¿Demasiada impa-ciencia? ¿Acaso Luc solo quería llevarla a la cama por-que era evidente que estaba ansiosa por que le hiciera el amor de nuevo? Y, sin duda, después de dos encuentros sexuales había perdido interés.

Después de una hora dando vueltas en una cama que se le antojaba demasiado grande y vacía, se sentó con la sensación de haber llegado a una explicación me-nos humillante para el comportamiento de Luc. ¡Cómo podía haber sido tan idiota! Recordó que le había dicho que no quería casarse hasta los cincuenta y lo comprendió. Luc se había sentido atrapado veinte años antes de tiempo. Y encima le había cargado con dos niños. Lo privaba así de la libertad y variedad de compañía feme-nina que los hombres jóvenes y sexualmente activos tanto necesitaban.

Sentado en su sillón de escritorio, Luc se tragó el brandy sin paladearlo. ¡Y ella lo llamaba insensible a él! De acuerdo, él no era del tipo sensible, pero Star lo llevaba a unos niveles que no quería explorar. Vio la expresión esperanzada de Star de nuevo. Y la ira afloró. ¿O no era ira? Con cierta sorpresa se dio cuenta de que lo que sentía era rencor. Un amargo rencor.

Con las pestañas entornadas, fingiendo estar dormida, Star miró a Luc cuando salía del baño a la mañana siguiente. Completamente desnudo, se estaba secando el pelo. Star notó un nudo en el bajo vientre. Sintiéndose como un mirón, Star cerró los ojos avergonzada. La noche anterior ella misma le había dicho que había muchas cosas más importantes que el sexo.

—Sé que estás despierta —dijo él perezosamente.

—¿Cómo? —preguntó ella, abriendo de golpe los ojos.

—¡He hablado y tú has mordido el cebo!

Star se rio, pero fue un desafío. En aquel momento, el vibrante magnetismo de Luc la dejó sin aliento. Cubierto solo por unos calzoncillos, Luc se acercó a la cama y se sentó en el borde. Sus poderosos músculos se flexionaron rebosantes de energía. Le tendió una tarjeta de crédito dorada y un fajo de francos.

—Vas a tener que hacer un montón de compras hoy.

—¿Por qué?

—Sorpresa… —dijo él con los ojos relucientes—. Pero compra pensando en un lugar cálido.

—¿Es que nos vamos a algún sitio? —preguntó ella, incorporándose de golpe.

—Esta tarde. Tú, los niños y yo.

Star asintió. Estaba atónita. Luc tenía de las vacaciones el mismo concepto que el viejo Scrooge de la Navidad. ¿Por qué se estaba comportando así?

—Un par de semanas —añadió como si tal cosa.

—¿Y el banco?

—Quiero apartarme un poco… pero hoy tengo que ir a solucionar algunos asuntos… ¿de acuerdo, *mon ange*? —y bajando la oscura cabeza, le dio un beso ardiente aunque breve, y volvió a levantarse con sincera renuencia.

–De acuerdo…

Mientras se vestía, Luc oyó lleno de júbilo cómo desafinaba Star en la ducha. ¡Y pensar que había tenido miedo de la recepción que pudiera recibir! Tuvo que reconocer que salir corriendo la noche anterior había sido un enorme error de juicio. Si ella hubiera hecho lo mismo, él se habría enfadado.

Pero no se había dado cuenta de lo erróneo de sus métodos hasta el amanecer. No estaba dispuesto a esperar hasta el fin del verano para descubrir el destino que les aguardaba como familia. La solución era tan simple que no comprendía cómo no se le había ocurrido antes. Tenía que hacer que Star se enamorase de él otra vez. Y entonces ni una bomba nuclear la apartaría de él…

Star estaba haciendo las maletas después de toda una mañana de compras en Nantes cuando el teléfono interno sonó para informarle de que tenía visita. Un tal señor Martin. Rory.

Star bajó las escaleras a todo correr. Rory estaba en el vestíbulo, mirando sin salir de su asombro el espectacular vestíbulo vestido con vaqueros blancos, camisa de diseño y un jersey de rayas sobre los delgados hombros.

Momentos después, entró Luc preguntándose de quién sería el Porsche con matrícula británica aparcado fuera, justo a tiempo de ver a su esposa lanzándose jubilosamente a los brazos de Rory.

–¡Qué agradable sorpresa! –con la despreocupación que da la amistad, Star abrazó al joven rubio, y se estiró para darle un beso en la mejilla, apartándose después para observarlo mejor. Le lanzó un silbido de admiración.

–¡Vaya! Qué vaqueros blancos tan bonitos… Vas muy a la moda.

–Creía que el Porsche también ayudaba…

–¡Serás tramposo! Y pensar que me hacías ir a todas

partes en un viejo coche porque no querías que tus compañeros supieran que eres un niño rico.

–Venga, Star… el Morris es un clásico de los coches británicos.

–Te he echado mucho de menos. ¿Qué haces aquí? –preguntó alegremente.

–Se supone que he venido a comprobar que la villa que mis padres tienen en Cap d'Antibes estará lista para finales de mes… Y estaba preocupado por ti y los niños –admitió de golpe.

–¿No te dije que no tenías que preocuparte? –suspiró ella, sintiéndose culpable–. Luc y yo…

–Somos locamente felices –la atajó Luc con su fuerte acento.

Star se giró con una enorme, aunque sorprendida, sonrisa.

–¡Ya estás en casa, Luc! Ven a conocer a Rory… como Dios manda esta vez. Es mi mejor amigo.

Desde una distancia de unos tres metros, Luc miró al joven con gesto adusto. Rory avanzó medio paso, pero se detuvo nuevamente, y se limitó a saludar a su anfitrión con una incómoda inclinación de la cabeza.

Star miró a Luc, extrañada de ver lo pálido que estaba.

–¿Luc, te pasa…?

–Escucha, vendré a verte cuando vuelva de Cap el domingo –comenzó Rory.

–Oh, vaya por Dios. No estaremos aquí, Rory. De hecho…

–Nos vamos dentro de diez minutos –dijo Luc sin un ápice de remordimiento.

–Menos mal que he hecho rápidamente el equipaje –murmuró ella con sorpresa y algo de apuro–. Estaremos fuera un par de semanas, Rory.

–Puede que más –añadió Luc.

–Pero, Luc… ¿qué pasará con el banco? –dijo ella, mirándolo sin dar crédito.

–Con un ordenador, puedo trabajar en cualquier sitio –replicó él irónicamente.

Rory miró a Star incómodo.

–¿Puedo saludar a los niños antes de irme?

–¡Pues claro! –dijo ella, dirigiéndose hacia las escaleras–. Lamento mucho que no puedas quedarte más tiempo.

–Luc es un tipo muy posesivo –le susurró Rory al llegar al descansillo–. No le gusta nada que esté aquí…

–Tonterías –dijo Star fielmente–. Es solo que le ha sorprendido verte aquí.

–Pareces muy feliz…

–Lo soy. No deberías haberte preocupado por mí.

–He seguido con mi vida, como me sugeriste. He quedado con un morena esta semana para ir de copas –la informó Rory.

–Conmigo no podrías haberlo hecho por los niños…

–Y tú nunca habrías querido llamar a una canguro –añadió Rory con el ceño fruncido, pensativo.

Tras un breve rato con Venus y Marte, Star lo acompañó a su coche.

–Te llamaré a finales de mes. Ay, casi lo olvidaba… Juno me llamó ayer al trabajo con un ataque de pánico porque te había dejado un par de mensajes y no la habías llamado. De modo que le di tu móvil…

–Pues aún no me ha llamado. ¿Dónde está?

–En Suiza… tu madre no me lo dijo, pero comprobé el número desde el que había llamado –admitió Rory.

–Suiza… ¿qué demonios estará haciendo allí? ¿Le dijiste dónde estoy?

–Sí… y se puso furiosa. Me colgó. Lo siento –al ver el nerviosismo de Star, Rory le apretó la mano para tranquilizarla–. ¿Quieres que te dé ese número de Suiza?

Star asintió apenada. Rory se lo escribió en un papel

que Star guardó en un bolsillo de la falda, y entró en el castillo.

Preocupada como estaba por su madre, no se dio cuenta de lo frío que estaba mostrándose Luc hasta que el avión hubo despegado.

—Ni siquiera te he preguntado adónde vamos —murmuró con sentimiento de culpabilidad.

—A Córcega…

—Nunca he estado allí… bueno, ¡hay un montón de sitios en los que no he estado!

Luc se puso en pie. Su rostro estaba desprovisto de toda diversión.

—*Excuse-moi, mais…* tengo trabajo —terminó con tono glacial.

Con su elegante traje gris claro, Luc desapareció en la sala de café del jet. Confundida, Star se quedó quieta unos minutos antes de levantarse e ir tras él. Deseosa de recuperar al hombre de buen humor que había visto por la mañana, se apoyó sobre el brazo de un sillón frente a él, separados por el pasillo.

—Me doy cuenta de que no he estado de muy buen humor desde la visita de Rory…

Luc mantuvo la vista fija en la pantalla de su portátil, pero su perfil se endureció.

—Estoy preocupada por mi madre —continuó.

Por un momento, un destello de dolor atravesó los ojos entornados de Luc. Se le daba muy mal mentir. Resplandeciente de júbilo al ver a Rory Martin, Star llevaba sumida en la más absoluta tristeza desde que su antiguo amante desapareciera en su coche de playboy. Amistad. ¿A quién se creía que estaba engañando?

Star se aclaró la garganta, pero Luc seguía sin dignarse a mirarla.

—Juno llamó a Rory desde Suiza y probé con el número que me dio, pero era de un hostal y ya se había marchado de allí –continuó con voz tensa–. Sé que crees que es una… una mujer alocada por decirlo delicadamente, pero yo la quiero y, naturalmente, estoy preocupada por ella.

–Naturalmente –repitió él sin emoción–. Pero francamente… tu madre tiene instinto de supervivencia. Si está en Suiza, debe de tener una poderosa razón.

–No se me ocurre nada, excepto que allí fue donde se quedó embarazada de mí –le confesó ella.

Luc no lo sabía, pero mantuvo la vista fija en su ordenador.

–Quieres que me vaya… ¿verdad? –comprendió Star cuando el silencio se hizo insoportable.

–*Vraiment!* –Luc echó hacia atrás la negra cabeza y la miró con salvaje desprecio–. Después de la escena que has montado esta tarde con Rory, ¿qué esperas?

–¿Escena?

–No tengo deseos de seguir hablando del tema –contestó él con rudeza.

Star contempló su porte rígido y notó que una alarma chillaba en su cabeza.

–Estás celoso… –susurró con el tono de alguien que acaba de hacer un maravilloso descubrimiento.

Luc cerró de golpe el portátil con tanta fuerza que rebotó. Y se puso en pie.

–*Zut alors!* ¿Qué te crees que soy? ¿Un adolescente? ¡Encontrarte a tu esposa en actitud cariñosa con otro hombre es muy ofensivo! No son celos.

Era mucho más alto que ella y se necesitaba valor para no sentirse intimidado, pero Star también estaba enfadada. Así que se puso de puntillas y cuadró sus delgados hombros.

–Di lo que quieras… pero cuando te enfades conmigo, será mejor que aprendas a enfrentarte a mí. No permitiré que me trates con esta frialdad. Y por cierto, si has visto algo ofensivo en mi comportamiento con Rory ha debido de ser tu imaginación.

—Estabas alardeando de tu intimidad con él —la acusó con ferocidad.

—Nunca he intimado con él... ¡no en el aspecto que tú crees! —respondió ella con aspereza—. Y como no estás celoso... ¡me pregunto cómo has visto esa intimidad sexual donde nunca la ha habido!

Luz se quedó de piedra, mirando su rostro encendido.

—¿Nunca...?

—No tengo deseos de seguir hablando del tema —dijo, dándose la vuelta.

La mano delgada de Luc se posó en su hombro para retenerla.

—Star...

—¡No! Estoy muy enfadada contigo. ¿Por qué no puedes admitir que tienes sentimientos humanos como los demás? ¡Pero en vez de eso, me menosprecias como si hubiera hecho algo malo! Eso es lo que no puedo perdonar.

Capítulo 9

HICIERON en helicóptero la última parte del viaje.

—¡Ahí está la villa! —gritó Luc por encima del ruido de las hélices.

Star contempló una asombroso desfiladero cubierto de árboles y vio la villa con el tejado de terracota coronando una colina. Hasta ella llegaba una tortuosa carretera que viraba y viraba entre los árboles, pero no había coches. Era una carretera privada.

Bajó del helicóptero con Venus en brazos y fue a inspeccionar la villa. Oculta por una muralla vegetal de gigantescos cipreses y hayas, la piedra pulida por el clima que relucía como el oro a la luz del atardecer... Pero por dentro era aún mejor. Suelos de mármol, muebles elegantes y cómodos, lámparas y jarrones ornamentales, hermosos dormitorios y cuartos de baño, y dos cunas equipadas con sábanas de bordado inglés para los mellizos.

—¿Cómo has conseguido este sitio avisando con tan poca antelación? —se oyó preguntar, a pesar de que había estado ignorándolo todo el tiempo.

—Pertenece a la familia desde hace un tiempo.

Debería haberlo sabido. Privada, exclusiva, equipada con todo tipo de lujos.

—¿Eso que hay ahí es un jacuzzi?

—*Oui...*

—No voy a meterme ahí.

Star lo oyó exhalar de forma audible, pero se fue a

ocuparse de sus hijos, a los que ya les había puesto el pijama en el jet.

—No tendrás que cocinar ni nada…

—Oh, lo sé. No querrás morir envenenado, ¿verdad?

Ignorando el comentario, Luc mencionó que una asistenta iría dos veces al día, y que también se quedaría si querían salir a cenar.

—Si me das la oportunidad, quiero disculparme —dijo Luc con tono plano.

—Olvídalo… perderás el tiempo. Estoy más que harta de que siempre me estés criticando…

—Star… de verdad que quiero que este sea un viaje especial. Acepto que lo he estropeado, pero no es propio de ti guardar rencor.

—No, es una pena —replicó ella, con los ojos brillantes—. No vacilaste a la hora de censurar mis acciones, ¿por qué debería hacerlo yo? ¡Y eso que me contuve!

—Si tienes algo que decirme, dilo…

—¿Tienes bolígrafo?

Frunciendo las oscuras cejas, sacó una pluma de oro del bolsillo interior de la chaqueta. Star entró en el salón y, viendo un cuaderno junto al teléfono, se sentó en su sofá a escribir.

—¿Qué haces?

—Eres muy listo a la hora de discutir. Quiero asegurarme de que no se me olvida nada.

—Creo que iré a dar un paseo por la playa, y tal vez cuando vuelva…

—¿Me habré calmado? —terminó ella con una risotada—. Ni lo sueñes, Luc. Bien, ¿estás listo?

—¿De verdad es necesario todo esto?

—Si quieres que sigamos casados es muy necesario —afirmó ella con voz tensa—. Punto uno: no me gusta que me trates como a una niña. Soy una mujer y madre. No dejaré que seas condescendiente.

—*D'accord*… —murmuró Luc con la diversión en los ojos.

Pero Star estaba decidida a arrancarle esa sonrisa ufana de su bonito rostro.

–Dos: durante aquel invierno en que me enamoré de ti, tú me animaste todo el tiempo al no rechazarme. Creo que te gustaba que te amara.

–*Vraiment*…

–No, yo soy la que habla, y después me iré a la cama sola y tú pensarás en lo que te he dicho.

Luc extendió las manos ante sí en un gesto de exasperación y se acercó a una ventana.

–Durante todo aquel invierno me alentaste con señales confusas, antes y después de que nos casáramos. Podías haberme rechazado cuando te dije que te amaba. Si la primera vez te contuviste por pena, sigue sin justificar que dejaras que te siguiera a todas partes como un perrito faldero.

–No quería hacerte daño –Luc se giró con los ojos brillantes.

–¿No entiendes lo que intento que comprendas por ti mismo? –dijo ella totalmente frustrada–. ¿Por qué me soportabas? No eres tolerante, ni paciente, y yo invadía tu espacio siempre que podía. ¡Lo normal habría sido que me odiaras!

Él se ruborizó, pero no dijo nada.

–Hace una semana tuve que oír cómo me acusabas de forzar situaciones que no deseabas… como si fueras un pelele, desvalido en las garras de una adolescente. ¡Tú, Luc Sarrazin, presidente del banco Sarrazin, el hombre frío y despiadado que no deja que nadie se le suba encima!

–Me sentía culpable… –dijo él con tono lúgubre–. ¿Qué culpa tenía una niña de terminar viviendo con una extraña y ser enviada a un internado? Yo creía que mis padres dejarían que te quedaras con nosotros en Chateau Fontaine. Fue una suposición ingenua.

–¿Qué podrías haber hecho tú? No fue culpa tuya.

–Podría haber intentado ayudaros a tu madre y a ti.

La juzgué con mucha dureza en base a un encuentro de una hora.

–Luc, solo tenías veinte años, y no éramos responsabilidad tuya. Yo era responsabilidad de tu padre, y él no quería ocuparse de mí.

–Pero yo estaba tan enfadado por lo que había pasado, que no quise tener nada que ver.

–Eras demasiado joven para ser una figura paterna… –a Star le molestaba la dirección que estaba tomando la conversación, aunque ahora veía que los acontecimientos lo habían perturbado más de lo que ella habría imaginado.

–Por lo menos tendría que haberte visitado…

–Si te sentías culpable… me alegra que no lo hicieras.

–¿Qué más hay en tu lista?

Gabrielle. Pensaba preguntarle por qué no le había dicho abiertamente que había una mujer en su vida.

–Star… estás hirviendo por dentro –le hizo notar Luc con sequedad.

–Debería haberte amordazado antes de empezar –dijo ella, soltando una carcajada nerviosa, el rostro pálido–. Tenía la intención de preguntar por qué llegaste al extremo de casarte conmigo cuando podrías haber acorralado a mi madre y haber aclarado el malentendido… pero ya me has respondido. Culpa. La culpa es el motivo oculto tras todas tus acciones, ¿verdad? Pasadas, presentes y futuras.

Perceptiblemente relajado al ver que la ira de Star cedía, Luc se acercó a ella.

–¿Qué intentas decirme?

Con los ojos cerrados, Star se levantó, rígida.

–Que no tengo la intención de figurar para siempre en tu mente como la pobre niña privada de todo que pensaste que era cuando me rescataste en México. Y es obvio que eso es lo único que voy a ser siempre. ¿De verdad pensaste que querría quedarme contigo después de oír eso?

Cuando trató de pasar a su lado para salir, Luc la sujetó con su fuerte mano.

–No me has entendido bien… –dijo él, apretando los dientes.

–No, te pedí que me dijeras la verdad y eso has hecho –dijo ella temblorosamente–. Si no fuera por el sexo, no estarías conmigo. Es lo único que puedo ofrecerte, ¿no?

Luc levantó la mano por encima de su hombro rígido e hizo que se girara.

–Pero eso es una locura. ¿Por qué hablas así?

–No estabas celoso de Rory –dijo ella, ahogando una gemido–. ¡Mi fértil imaginación se equivocó de nuevo! Pero deja que te diga algo, Luc Sarrazin… puedes tomar tu culpa, tus piadosas opiniones y tu cerebro cruel e irte al infierno, ¡porque no quiero volver a tener nada más que ver contigo en la vida!

Luc pareció quedarse paralizado tras el discurso de conclusión. Star se aprovechó de que había aflojado las manos para soltarse y corrió a refugiarse en uno de los dormitorios.

Estaban en una crisis seria. Le había hecho daño. Mucho daño. Y él que quería que se enamorara de nuevo de él. Estaba cara a cara con el fracaso más absoluto. Pero lo único que veía la cara de Star… pálida, vacía, vencida. Como si, por fin, hubiera renunciado a él para siempre. Aún pasaron un par de minutos más sin que lograra enlazar varios pensamientos. Reconoció el miedo por primera vez y se dirigió al mueble bar.

Las cortinas de muselina revoloteaban suavemente mecidas por la tenue brisa del Mediterráneo. Desde la cama, Star contemplaba la puesta de sol en el horizonte, oyendo el tranquilizador sonido de las olas.

La puerta se abrió, sacándola de sus pensamientos. La luz de la luna se reflejó en la camisa blanca de Luc. La tensión era visible en su porte cuando entró.

–Tienes razón –dijo sin más, con acento muy marcado–. Tenía celos de Rory… Tan celoso estaba, que me puse enfermo. Estabas jubilosa de verlo y lo tocaste. Por amor de Dios… ¡Lo habría sacado a patadas y tirado al foso!

–Oh… –farfulló ella incapaz de nada más tras la abrupta confesión.

–Pero no lo reconocí en su momento… –se mesó los cabellos–. Pensé que lo que me enfadaba era vuestro exceso de familiaridad, pero cuando pienso en ello, puede que no me agradara, pero tampoco hiciste nada malo.

Star asintió lentamente, como si quisiera que continuara. Luc hizo un gesto brusco con las manos y se apoyó en la puerta, cerrándola de pura frustración. Echó la cabeza hacia atrás, los puños apretados.

–Soy muy, muy posesivo contigo. Sé que no está bien, pero así es como parece que soy…

Parecía avergonzado de admitirlo. De pronto, Star sintió la necesidad de poder verlo mejor de lo que la luz de la luna permitía y se incorporó para encender la luz. Se encontró entonces con unos ojos a la defensiva y le dolió por él como si le atenazaran el corazón.

–Me alivió saber que Rory y tú nunca fuisteis amantes. Pero eso tampoco estuvo bien…

–Así que eres como el perro del hortelano –murmuró ella en tensión.

–No lo había pensado… –un destello de consternación cruzó su seria mirada, y a pesar de la tensa atmósfera, Star casi sonrió.

–¿En qué más has pensado? –preguntó ella.

–En que interpreté ciertos acontecimientos de la forma que más me convenía –admitió–. Creo que me casé contigo porque sabía que tarde o temprano perdería el control y terminaría en la cama contigo.

–Pero, Luc, cuando lo conseguiste, ya no me querías. Fui tu esposa seis semanas...

–Y desde el principio dije que no sería un matrimonio de verdad. Soy muy testarudo –dijo él con irritación–. Si me acostaba contigo, sería un matrimonio de verdad, un compromiso serio... un compromiso que no me había parado a considerar en aquel momento de mi vida.

–De modo que pensaste que si te acostabas conmigo, tendrías que cargar conmigo... y eso te bastó para mantenerme lejos en una habitación al fondo del pasillo –dijo ella con evidente amargura–. Gracias por aclarármelo.

–Lo hice tanto por ti como por mí. ¿Reconocerás por una vez que pasé las seis semanas esperando la muerte de mi padre de un momento a otro? –preguntó Luc–. Sé que piensas que soy insensible y frío, pero tenía mucho más en mente que mis propias necesidades físicas.

Star se sonrojó violentamente de vergüenza. Bajó la cabeza incapaz de creer cómo habría podido pasar por alto la difícil situación de aquellas semanas.

–Sí...

–Estaba bajo mucha presión y tú resultabas muy apetecible, pero no quería usarte solo para... aliviarme –dejó escapar la última palabra muy lentamente.

En ese momento, Star levantó la cabeza, los ojos aguamarina inundados de lágrimas.

–Así que usaste a Gabrielle Joly en mi lugar...

Luc la miró completamente atónito.

–¿Cómo sabías lo de Gabrielle?

–Pensé que habías terminado con ella... hasta nuestra noche de bodas, cuando te oí hablar por teléfono –dijo, atragantándose con las lágrimas.

Luc le apartó el pelo de la mejilla, sus increíbles ojos llenos de remordimiento, pero también de perplejidad.

–Y aun así no dijiste nada… ¿tú, que puedes hacer una montaña de un grano de arena, no dijiste nada sobre algo mucho más importante? –dijo él.

–Pasaste nuestra noche de bodas con ella.

–No seas tonta… –gimió él–. ¿Cómo pudiste ser tan tonta?

–Te oí decir que ibas para allá…

–Para devolverle mi juego de llaves de la casa… –al parecer poco impresionado por el ceño de incredulidad de Star, Luc expulsó el aire con un silbido de incomodidad–. Es mi única excusa. Fue una tontería… y ella también se sorprendió de verme aquella noche. Pero yo necesitaba salir de casa y me agarré a la primera excusa que se me ocurrió.

–Pero no volviste a dormir… ¿Crees que no lo sé?

–Me quedé dormido en el coche junto al río… nunca entré en su casa. Dejé las llaves y me di cuenta de que mi llamada podía ser malinterpretada –confesó él con palpable incomodidad–. Y me fui.

Era una excusa tan poco creíble que Star se quedó mirándolo boquiabierta.

–Actué ridículamente por impulso porque no confiaba en lo que pudiera hacer teniéndote tan cerca aquella noche. Sabía que vendrías a mí…

Star dejó caer la cabeza. Luc no se equivocaba en eso. Era precisamente lo que habría hecho de no haber oído la conversación.

–Y no estaba seguro de tener la suficiente fuerza de voluntad para resistirme a la invitación. Ardía de deseo por ti aquella noche… creo que ni siquiera una camiseta con un patito podría haberme apartado.

–Había comprado un salto de cama negro transparente. Era demasiado grande. Lo tiré.

–No puedo creer que no dijeras nada después de oírme hablar con Gabrielle… –Luc le tomó la cara en las manos y la obligó a enfrentarse a su inquisitiva mirada.

–¿Con qué derecho? Me habías dejado claro que no

íbamos a tener un matrimonio de verdad... y como tal te comportabas. Tú pensabas seguir con tu vida, ¿y que sacaría si forzaba la situación?

—¿La verdad? —instó él con tono ronco.

—Pero no podía evitar que te acostaras con ella si querías hacerlo... Podrías haberme dicho que lo que hacías con ella no era asunto mío. Y una vez que te hubiera llevado al extremo de decir algo así, habría sido el fin de mis esperanzas de hacer de nuestro matrimonio algo real.

Cuando terminó de hablar, Luc se sintió destrozado. El dolor de Star era tangible aún. Apretó los dientes enfadado por el dolor que le había causado. Asustada de enfrentarse a él, como una niña incapaz de soportar una dura realidad, había pasado el resto de su matrimonio fingiendo alegría y felicidad y él no había notado nada distinto.

—¿Cómo pudiste pensar que pasaría nuestra noche de bodas con otra mujer? ¿Qué tipo de cretino creías que era para humillarte así? —preguntó él—. Sabía lo que sentías por mí. Aunque hubiera estado loco de pasión por otra mujer, jamás habría caído tan bajo.

—Y en vez de eso dormiste en tu coche junto al río... —murmuró ella con inseguridad—. ¿Cómo pensaste que imaginaría algo así?

—Pero ahora sé por qué me dejaste y nunca pensaste en volver —concedió él en una repentinamente dura conclusión.

Cansada después de todas las emociones por las que la había hecho pasar, Star apoyó la cabeza en el hombro de él, y respiró el familiar aroma con una mezcla de angustia y atormentado anhelo

—Puedes dormir aquí esta noche...

—No... eres capaz de violarme. No permitiré que me acuses de usarte para alivio sexual.

—Aquella noche en Inglaterra —le recordó ella, en vano—. Deja de actuar como el señor noble y de elevados principios...

–No tengo explicación para lo de aquella noche. Yo… yo no quería dejarte allí… y no se me ocurrió nada más que el sexo para quedarme. Era lo único que me quedaba después de que me hicieras creer que los mellizos eran de otro hombre.

Ver que aún seguía molesto por eso la puso tensa. Pero justo entonces él la tomó en sus brazos y buscó su mirada con ojos hambrientos.

–Aunque las cosas hayan cambiado, sigues necesitándome, *mon ange* –murmuró con abierta satisfacción.

Se recostó contra él sin fuerzas, pero no por mucho tiempo. La feroz exigencia de su sensual boca la revivió. Y la impaciencia más abrasadora pareció apoderarse de los dos. Star le ayudó a quitarse la camisa por la cabeza, pero perdió la noción cuando vio su torso desnudo, y empezó a acariciarlo y besarlo allí donde podía.

La excitación alcanzó tales cotas, que Star se sintió ebria y fuera de control, el corazón martilleándole dentro del pecho. Luc palpó el sexo húmedo y preparado mientras ella se retorcía, ansiosa por sentir una invasión más poderosa, anhelándolo con desvergonzado y desvalido abandono.

–Te deseo… cómo te deseo.

–Esta no es una manera muy elegante de comenzar nuestra luna de miel –dijo Luc, quitándole la última prenda de ropa con destreza.

–¿Luna de miel…? Oh… oh, por favor –gimió ella, apretando los dientes–. ¿Hablamos luego?

Con una carcajada entrecortada, Luc se tumbó sobre ella y la penetró con una potente embestida. Un gemido estremecido de puro placer escapó de los labios de ella.

Star era incapaz de vocalizar. El nivel de excitación la cegaba, la silenciaba, la consumía. Solo estaba concentrada en el centro de su cuerpo unido al de él. Nunca antes había experimentado una sensación de ser uno con Luc. Nunca antes el júbilo la había recorrido de aquella manera en el momento en que él la poseía. Una combinación embriagadora que la elevó a las nubes en un clímax de proporciones gigantescas.

Después la estrechó con tanta fuerza, que apenas podía respirar. Pero se sentía tan a gusto que le entraron ganas de llorar. Depositó una riada de besos en el hombro masculino, le acarició la espalda húmeda.

Luc la apartó unos milímetros, aunque seguían unidos de forma íntima. Su arrebatadora sonrisa hizo cantar de alegría el corazón de Star.

–Cómo me excita darte placer… quiero hacerlo otra vez… y otra… y… otra… –jugueteó él, puntuando cada palabra con hambrientos besos–. ¿Dejamos la charla para otro momento?

Star abrió los ojos, pero se quedó tumbada recordando vagamente que Luc le había dicho que se ocuparía él de los niños.

¡Santo Dios, eran las once! Era imposible que Luc se las hubiera arreglado con los niños él solo. Sintiéndose culpable, se levantó y se dirigió hacia el comedor atraída por el ruido.

Luc estaba de rodillas delante de los dos bebés a los que había rodeado de cojines sobre el suelo para que se mantuvieran erguidos.

–Papi… así es como me llamaréis en inglés, pero en francés, que también tendréis que aprender, se dice «papa» –pronunció cuidadosa y muy lentamente.

Era una imagen muy dulce. Los niños emitieron pequeños sonidos como si fuera el estribillo. Marte era quien más se esforzaba por adquirir el nuevo conocimiento. Venus se agarraba los dedos de los pies, pero no apartaba la atención del precioso rostro de su papá. Star nunca había visto a su hija quieta tanto tiempo seguido.

–Luc… ¿cómo demonios te las has arreglado?

Luc la miró con ojos resplandecientes de diversión.

–Ha sido una gran experiencia de aprendizaje. ¡Vaya

apetito que tienen por la mañana! Se me olvidó traer unas tronas, así que es difícil darles de comer, pero nos las hemos arreglado, y también los he lavado y vestido –señaló con considerable orgullo.

Los niños solo llevaban puestos los bodies. Star se aguantó la risa.

–¿Y también los has lavado?

–Pues claro… con una esponja. Venus se lo tomó como un juego, A ver si me pillas –dijo él, sonriendo, y se levantó cuando Star se agachó para besar a sus retoños–. ¡Se dio cuenta de que yo soy torpe, pero insistente! Ahora soy yo el que necesita la ducha.

Había una fina capa de polvo de lo que parecían cereales en su pelo negro. Y no se había afeitado. Se detuvo en la puerta y la miró.

–Ahora sí que te respeto, *mon ange* –dijo con seriedad–. ¿Cómo te las arreglaste tú sola? Ha sido realmente difícil. Me habrían venido bien otro par de ojos y manos.

–Lo has hecho muy bien, maravillosamente bien –le aseguró ella, con ojos rebosantes de amor.

–No… esta vez lo he hecho pésimamente, pero la próxima lo haré mejor.

Star no podía creer lo atento que se estaba mostrando como padre, y cómo deseaba ocuparse en persona de los niños en vez de ser un padre distante.

Mientras estaba en la ducha, y ella se vestía, sonó su móvil. Corrió a responder por si era su madre.

–¿Star?

–Sí, soy yo. ¿Dónde demonios…?

–Siento haberte obligado a volver con Luc. Todo ha sido por mi culpa. ¡Tenía miedo, pero, cariño, no tienes que seguir aguantando más a ese canalla mujeriego! Voy a salvarte… ¿me oyes?

–No quiero que vengas a salvarme, mamá.

–Pero…

–Sigo queriendo a Luc, estamos juntos, y me gustaría que dejaras de hablar de él como si fuera el enemigo público número uno solo porque sea el hijo de Roland Sarrazin –dijo con firmeza–. Y lo que te conté de nuestra noche de bodas, fue un error. No estuvo con Gabrielle.

–¿No le creerás? ¡Menos mal que voy a Francia esta misma tarde!

Star se puso rígida de consternación, sintiendo que lo último que le faltaba a su matrimonio era un episodio con su enervante madre.

–Pero es que no estamos en Chateau Fontaine. Luc y yo estamos de luna de miel, y aunque tengo ganas de verte, y oír tu versión de lo que ocurrió con el préstamo que te hizo Emilie...

–Star... ya le he enviado un cheque por toda la cantidad.

–¿Y cómo demonios lo has conseguido? ¿Se lo has pedido a otra persona?

–¿Cuándo volverás de tu luna de miel?

–Dentro de dos semanas.

–Bien, si tú puedes esperar dos semanas más a conocer a mi nuevo marido, supongo que yo también podré esperar a volver a ver a mi yerno... Luc tiene más vidas que un gato contigo, ¿eh?

–Mamá... ¿acabas de decir lo que creo?

–Tendrás que esperar para saber los detalles –señaló su madre con satisfacción–. Pero te diré que soy muy feliz. Tengo muchas ganas de que conozcas a Bruno dentro de dos semanas. ¡Adiós, tesoro!

Star se derrumbó sobre la cama mientras los niños gateaban entre sus pies. Se había quedado mirando a la nada cuando Luc salió del baño cubierto solo por una pequeña toalla. Pero por una vez ella tenía en la cabeza algo más que el cuerpo de su marido.

–¿Qué ocurre? –preguntó él al verle la cara.

–Mi madre me ha llamado. Se ha casado con un tipo al que no puede conocer desde hace más de dos semanas –lo miró con gesto contrito, pero se notaba nerviosa–. Seguro que terminará mal.

Le contó que le había pagado a Emilie.

–Bueno, entonces es un hombre con dinero. Y tampoco podemos hacer mucho desde aquí. ¡No seas pesimista!

–Luc, sabes tan bien como yo que puede que haya un hombre entre mil que pueda aguantar los ataques de Juno, y para casarse tan rápidamente debe de haberse enamorado como una loca. Quedará destrozada si ese Bruno la decepciona…

–¿Bruno… y Juno? –dijo él, temblando de diversión–. ¿De verdad?

–Suena a matón.

–*Mon ange*… –Luc le levantó la barbilla y la miró–. Pase lo que pase, la apoyaremos. Es una pena que tu madre no me soporte.

Dos semanas más tarde, Star amaneció en los brazos de Luc. Estaba despierta. En pocas horas volverían a casa, aunque para ella su casa estaría donde estuviera Luc. En Córcega se había afianzado su relación más de lo que jamás habría creído posible. Aquella villa entre espectaculares bosques y pueblos pintorescos siempre sería para ellos un lugar especial.

Decidió sorprenderlo llevándole el desayuno a la cama y se levantó. Vio que este estiraba la mano hacia su lado como buscándola. Merecía dormir un poco, pensó ella contemplando su larga espalda a la luz que se filtraba por las cortinas. Era un amante maravilloso, un padre fabuloso y estaba ganando puntos como alma gemela. Y la noche anterior había hablado como un hereje… tenía la intención de reducir sus horas de trabajo y reorganizar su agenda para viajar menos.

Mientras esperaba a que hirviera el agua, vio una revista de cotilleos que la criada debía de haber estado ojeando la noche anterior. En la primera página vio la característica letra de Luc. Naturalmente curiosa, dio la vuelta a la revista para leer lo que había escrito. Un nombre y una fecha. Un nombre que aún la hacía palidecer.

Tenía que ser una revista antigua. Aunque eso no podría borrar el dolor que sentía. Sintió una bofetada al pensar que Gabrielle Joly hubiera podido compartir cama con Luc en Córcega una sola vez. Pero al ver la fecha se dio cuenta para su consternación de que sus recuerdos no era lo peor. La revista tenía menos de dos meses, por lo que cuando escribió la nota de que Gabrielle iría a la casa había sido solo un mes antes de que ella hubiera vuelto con Luc.

Se abrazó repentinamente helada. ¿Cómo podría confiar en lo que Luc le había dicho de Gabrielle Joly?

Capítulo 10

S TAR estaba completamente destrozada.

Tendría que esperar a llegar al castillo para enfrentarse a Luc. Sería una locura embarcarse en lo que desde el principio se veía iba a ser una escena muy desagradable de camino a casa.

Luc tuvo que prepararse el desayuno él solo y, cuando trató de darle los buenos días con un beso, ella lo apartó bruscamente. El ambiente estaba muy cargado cuando subieron al jet.

–Star, mírame… –dijo él cuando llevaban diez minutos de vuelo.

–No quiero mirarte –admitió ella, levantando su revista.

Luc se la quitó de las manos y ella lo miró.

–Levántate –dijo, mirándola con enfado–. Hablaremos en privado.

–No, yo…

–De acuerdo… –y sin previo aviso, se inclinó, la tomó en brazos y avanzó pasillo abajo hasta el otro extremo del avión–. No nos pelearemos delante de los niños.

–Bájame ahora mismo… –siseó ella con furia.

Luc la dejó en otro sillón y se sentó frente a ella.

–Vamos a casa a una fiesta.

La asombrosa noticia la hizo desconfiar por un momento.

–¿De qué estás hablando?

–Queriendo comportarme como un hombre románti-

co –explicó él en tono de mofa–, decidí darte la recepción nupcial que nunca tuvimos como sorpresa. Tres-
cientos invitados nos están esperando, entre ellos tu madre y su rico marido, Bruno Vence. Te advierto, Bruno
es muy bajito, y tiene tu pelo y tus ojos. Y ahora lo mejor. Tu vestido está en el compartimento principal.

–¿Mi… mi qué?

–No tuviste la boda que deseabas. Como yo tuve la
culpa, he organizado la iglesia para que nos den su bendición, y esta vez llevarás vestido.

–No puedo… no puedo.

Luc inclinó su arrogante cabeza y clavó en ella sus
brillantes ojos, resplandecientes de indignación.

–¡Oh, sí, claro que puedes! No me dejarás en ridículo delante de trescientas personas. Así que cállate, víste-
te y únete a los adultos. ¡Que estés de muy mal humor
no es excusa para tu comportamiento desde que te has
levantado esta mañana!

–¿Y Gabrielle? –susurró entrecortadamente.

Luc la miró fijamente, el ceño fruncido.

–No veo la conexión.

–Te lo enseñaré… enseguida –dijo ella, regresando a
su asiento y sacando la revista que había encontrado en
la villa. Le temblaban las manos. Llegado el momento,
no quería enfrentarse con él. Atónita, pensó en la maravillosa sorpresa que le había organizado. Y si no hubiera visto aquella revista horrorosa, en ese momento estaría dando saltos de felicidad.

Star le tendió la revista.

–Vaya cosa –dijo él entre dientes con el más absoluto desdén–. Pero no leo esa porquería.

–Es lo que has escrito en la portada…

Luc observó su propia letra y cuadró la mandíbula.

–¿Y?

Aquella agresividad exigiéndole una aclaración no
era la reacción que Star había esperado.

–Es obvio, ¿no? –dijo ella, temblando.

—Basándote en dos palabras y una fecha que escribí ahí el último fin de semana que pasé en Córcega, has decidido... ¿qué?

Tener que decirlo con palabras se le hacía aún más humillante. Una explosión de ira perforó la nube de dolor y desesperación en que estaba desde esa mañana.

—Sigues acostándote con ella... nunca la dejaste... ¡todo el tiempo que estuvimos casados ha seguido siendo tu amante! –lo acusó descarnadamente.

—¿Has terminado? –preguntó él con una mirada glacial y peligrosa–. ¡Mi relación con Gabrielle terminó de forma natural varias semanas antes de que me casara contigo! Se casó a finales del año pasado...

—¿Casada? –repitió ella atónita.

—Durante la luna de miel, su marido, Marc, tuvo un grave accidente de coche. Acababan de darle el alta en el hospital. Cuando un amigo mutuo me lo contó, y me dijo que Marc necesitaba reposo, les ofrecí la villa.

—Pero...

—No he visto a Gabrielle desde que se mudó a Dijon el año pasado. Me invitó a la boda, pero no pude asistir –dijo él, observando el rostro demacrado de Star con frialdad.

—Luc, yo...

—Gabrielle y yo éramos amigos y fuimos amantes ocasionales durante un par de años. A los dos nos satisfacía. Ninguno quería atarse y nos separamos sin dramas –la informó él, ceñudo–. No comprendo por qué sigues obsesionada con ella.

Le ardía el rostro de vergüenza. Podía sentir el calor.

—Lo siento mucho –susurró.

—Y yo estoy muy enfadado contigo –respondió él, con una franqueza que, irónicamente, Star no deseaba en esos momentos. Se había portado como una histérica–. Durante dos semanas, he estado planeándolo a tus espaldas... la iglesia, el vestido, la fiesta... –dejó escapar una amarga risotada, la lóbrega mirada de sus ojos la destrozaba–. ¡Y mientras tú llevas toda la mañana pensando en destrozar nuestro matrimonio otra vez! Dime, ¿estabas buscando una buena excusa para dejarme?

–No ha sido así. Tenía miedo de que pudieras seguir viendo a Gabrielle, pero puede que solo fuera inseguridad… Luc, lo siento.

Él la sujetó con firmeza por los delgados hombros. La miró con dureza.

–No volverás a abandonarme. Como si tengo que encadenarte a una pared… ¡No volverás a hacerlo!

Temblando, Star lo vio alejarse. Estaba conmovida por la emotividad que había demostrado en sus últimas palabras. Esa vez había sido él quien se había mostrado impaciente por comprometerse y era ella la que se había echado hacia atrás, negándose a confiar en él, haciéndole creer que aún estaba a prueba después de haberlo negado. ¡Y ella lo amaba tanto! ¿Entonces por qué le había hecho tanto daño lanzando acusaciones ridículas, especialmente después de su comportamiento con ella en las últimas semanas?

Bertille fue a su encuentro en el aeropuerto. Se mostró encantada al ver a los pequeños vestidos con los trajes de paje y damita de honor que Luc había mandado hacer para ellos, pero aún se quedó más impresionada al ver el vestido y la magnífica diadema de diamantes de Star.

–Qué precioso vestido –dijo Star a Luc en la limusina, acariciando el tejido con perlas bordadas–. ¿Cómo lo elegiste?

–No lo hice. Le dije al diseñador que querrías parecer una princesa y, dado que tienes mucho talento con el bordado, tenía que ser de una calidad excelente. Solo especifiqué que fuera de un blanco puro.

–Sabes más de mis sueños de lo que habría creído –reconoció ella con humildad.

–Será mejor que leas esto... –sacó un recorte de un periódico francés–. De ahí saqué la información de tu madre. Supongo que debería habértelo dado ayer, cuando lo vi.

Aún horriblemente consciente de la actitud distante de Luc, a pesar de saber que lo merecía, Star miró la foto borrosa de su madre y su acompañante. Bruno Vence era descrito como un empresario suizo y un soltero empedernido. A Juno la describían como un «viejo amor».

–¿Y lo encontraste... ayer?

–Tengo el presentimiento de que Bruno Vence es tu padre. Lo conocí el año pasado en una conferencia. Me di cuenta de que sus ojos eran como los tuyos, con ese color característico y único, pero nunca se me ocurrió. Es ahora cuando empiezo a pensar...

–¿Qué ocurre, Luc?

–Nada –dijo él casi agresivamente.

–Aunque sea mi padre, y creo que es una idea absurda, no estaré de mal humor. ¿Es eso lo que te preocupa? Solo quiero que sea bueno con mamá. Pero, sobre todo, no quiero que nada estropee este día tan especial.

–¡Hasta el momento ha sido un desastre! –gimió él.

–No... no, he sido una estúpida, y me alegro de que sigas estando a mi lado –dijo ella con tono tranquilizador, acariciándole los tensos dedos–. Tú eres muy, muy especial para mí, y también nuestro matrimonio. Ahora sé que lo que quiero es estar siempre contigo, Luc, y siento haber tardado tanto en admitirlo.

Luc estaba inmóvil, y entonces dejó escapar el aliento en su siseo casi inaudible. Ciñéndola por la cintura, la tomó en sus brazos y la besó con una pasión tan desesperada que casi la dejó sin aliento. Star captó el mensaje. Tal vez porque estaba seguro de que ella nunca se iría de su lado llevándose a los niños con ella, reflexionó Star con una punzada de dolor.

En los escalones de la iglesia, delante del fotógrafo

que hacía fotos alegremente, Luc trató de colocarle el pelo revuelto y Star le limpió la mancha de lápiz de labios de la boca.

Arrebatadoramente guapo con su traje tan formal, Luc la tomó de la mano y entraron en la pequeña iglesia normanda. Tan concentrada había estado en la ceremonia, que ni siquiera se había dado cuenta de que la iglesia estaba llena de invitados.

Terminada la ceremonia, se dio la vuelta y allí estaba su madre, con su metro cincuenta de estatura y su precioso rostro enmarcado por sus cortos rizos rubios.

—Star… aquí hay alguien que tiene muchas ganas de conocerte.

No era el momento, ni el lugar, pero así era Juno, reconoció Star, sintiendo el brazo de Luc alrededor como un corsé de hierro. Star miró al hombre que se había puesto al lado de su madre. Fue un choque tremendo ver sus ojos iguales a los suyos llenos de lágrimas. Bruno Vence sacudió la cabeza cobriza en mudo reconocimiento de lo que sentía antes de tomar las manos que Star le tendía instintivamente.

—Creo que ya sabes quién soy… —dijo su padre con voz inestable.

Cinco minutos después, en un torbellino de confusión, Star se encontró sentada en una limusina desconocida con Juno, Bruno y los pequeños. Sin embargo, faltaba Luc.

—¿Dónde está Luc?

—Podemos ir directamente al aeropuerto y llevaros a mi yate para salir de territorio francés antes de que nadie pueda hacer nada para detenernos —informó Bruno Vence con calma—. Tu madre cree que tu marido deber de haberte chantajeado para que vuelvas con él y que te ha amenazado con quedarse con la custodia.

—¿Estáis pensando en raptarme? —exclamó ella horrorizada—. Juno, ¿cómo podrías hacerme algo así? Quiero a Luc… ¡quiero a mi marido!

—¿Satisfecha ahora, amor mío? —preguntó Bruno a

su mujer con una irónica sonrisa–. ¿Lo ves? Star ama a Luc. Te lo dije. Nuestros nietos son afortunados de tener unos padres que se aman.

–Pero yo quería que Star y los niños vinieran con nosotros –confesó Juno entre lágrimas.

–A mí también me gustaría tener a mi hija conmigo, para conocernos mejor –murmuró Bruno, mirando apenado a Star–. Pero es adulta, y tiene su propia vida. Será mejor que lo dejemos en visitas regulares.

–Me habéis dado un susto de muerte… –dijo Star.

Cuando salió de la limusina delante de la puerta del Chateau Fontaine, Luc estaba esperando en el puente, ajeno a los invitados que iban llegando.

–Nos quedaremos con los niños… –le dijo Juno.

Por una vez, los mellizos no eran lo primero en la mente de Star. Atravesó el mar de coches aparcados y se dirigió hacia él, que en cuanto la vio, avanzó hacia ella y la tomó en sus brazos.

–¿Dónde demonios estabas? –dijo con el aliento entrecortado–. ¡Y no me digas que solo has venido a casa a hacer las maletas!

–No, me quedaré aquí hasta que sea un esqueleto dentro del panteón familiar.

–No tiene gracia –gruñó él con voz temblorosa.

–Conociendo a mi padre un poco. Un tipo agradable, pero duro… perfecto para mamá. La conoce al dedillo, la adora, no se puede creer la suerte que tiene… parecen unos adolescentes.

–No vas a creer lo que pensé –murmuró con voz tensa–. Cuando te vi desaparecer con los niños en esa limusina, pensé que no volvería a veros. Sé lo que tu madre piensa sobre mí…

–Luc… –terció una voz femenina con cierta vacilación.

Luc se giró y vio a su suegra. Se quedó inmóvil.

–Si Star dice que no estabas con esa Gabrielle en vuestra noche de bodas, para mí es suficiente.

—Quedamos en que no dirías eso —gimió Bruno detrás de su esposa.

—Pero Luc tiene que saber que ya no pienso mal de él y que tengo la intención de aprender a quererlo —se quejó Juno.

—Gracias, Juno —se apresuró a decir Luc.

Minutos después, Luc rodeó a Star con un brazo.

—Estás preciosa con ese vestido, *mon ange*.

Star sintió que el pulso se le aceleraba cuando se encontró con sus ojos y, simplemente, le sonrió. Mientras se servían las bebidas, Luc le presentó a un montón de personas. Vio a Emilie entre la multitud.

—Estoy muy contenta de veros a Luc a ti juntos —dijo la anciana con cariño.

—Por cierto, aquello que creí que había ocurrido la noche de bodas entre Luc y Gabrielle… —Star susurró con urgencia—. Juzgué mal a Luc. Nunca ocurrió.

—Me alivia oírlo, porque a mí siempre me costó creerlo —admitió la anciana—. Al mismo tiempo, me sentí muy culpable por lo que ocurrió entre Luc y tú aquel invierno.

—¿De qué hablas? —preguntó Star.

—Traté de hacer de celestina y te animé a que lo amaras. Pero eras demasiado joven, y Luc lo estaba pasando demasiado mal por la enfermedad de Roland como para concentrarse en sus propios sentimientos. Debería haber esperado otro año. Soy una celestina horrorosa.

—No es verdad.

—La razón por la que le di el dinero a Juno fue… oh, me da vergüenza decírtelo. Star, yo sabía que había muchas posibilidades de que la galería fracasara, y recé para que ocurriera si eso podía volver a uniros. No sabes lo destrozado que se quedó cuando lo abandonaste.

Star aguzó el oído. Aunque atónita por lo que Emilie acababa de decir, la mención a lo destrozado que se había quedado Luc fue lo que más le llamó la atención.

—¿Destrozado?

–Y no poder decirle dónde estabas me parecía muy cruel, pero te había dado mi palabra y habías sufrido mucho. Sin embargo, Luc también fue muy desgraciado.

–¿De veras? Estaría preocupado. Fue muy infantil por mi parte no ponerme en contacto con él…

–Star –terció Luc a unos metros de distancia–. Tenemos que abrir el baile con un vals.

–¿Bailar también? ¿Y cómo se baile el vals?

–Lo aprenderás sobre la marcha.

–¿Delante de trescientas personas? –chilló ella–. ¿Sabes tocar música de jazz?

–No…

–¿Te apetece hacerlo delante de trescientas personas?

–Tienes una manera única de expresar las cosas, querida mía –dijo él, rodeándole el rostro con las manos y la besó suavemente–. Quiero que todo el mundo se vaya a casa y quedarme a solas contigo.

–Aguafiestas –bromeó ella, sintiendo un estremecimiento ante la poderosa conciencia sexual que se apoderó de ella–. De acuerdo… trataré de bailar, pero despacio.

Horas después, cuando ya solo quedaban algunos familiares, Star y Luc subieron a su dormitorio. Star se acurrucó contra él y sin pensarlo, susurró:

–Aún te quiero tanto…

Luc se detuvo en seco fuera del dormitorio.

–No, aún no.

–¿De qué hablas? –preguntó ella.

–Has dicho que aún me quieres. ¿Quieres decir que nunca dejaste de quererme?

–¿Acaso no te dije que te amaría toda mi vida?

–Pero te fuiste –señaló él sin emoción–. Te mantuviste alejada de mí. Tuve que amenazarte para que volvieras, y no se puede decir que aceptaras la oportunidad de seguir casada conmigo con mucha alegría, aunque no puedo culparte por ello pero...

–Oh, Luc, fingí –dijo Star, sintiéndose culpable mientras abría la puerta del dormitorio–. Solo estaba siendo cautelosa por el bien de los dos, y tenía miedo de que volvieras a hacerme daño.

–No quiero volver a oírte decir que me quieres hasta que lo digas en serio...

–Lo digo en serio.

–¿Pero cómo podrías hacerlo? –la culpa velaba sus ojos–. Hace dieciocho meses lo estropeé todo. ¡No sabía lo que pasaba por mi cabeza, y mucho menos por la tuya! Te aparté de mí. Si me hubiera propuesto tener un matrimonio corto no podría haberlo hecho mejor.

–Pero ahora lo estás haciendo muy bien...

–Lo intento –reconoció Luc, bastante susceptible, notó ella–. Di por sentado tu amor cuando lo tenía. Me gustaba que me quisieras. ¡Pero ni siquiera cuando te fuiste, y me sentía totalmente desgraciado, era capaz de entender por qué! Pensé que estaba preocupado por ti.

–Ahora estoy aquí, y sigo queriéndote, mucho –repitió ella para tranquilizarlo.

–Anoche tuve una pesadilla... y así me di cuenta... por fin... de que te quiero –dijo con incertidumbre y vacilación, sonrojándose.

–¿Una pesadilla? –preguntó ella, confusa.

Luc se encogió de hombros mientras se miraba los pies.

–Algo estúpido. Soñé que Bruno y Juno te apartaban de mí. A Juno nunca le caí bien y no había razón alguna para que le cayera bien a Bruno, y, créeme, si tu padre hubiera querido hacerte desaparecer, tiene los medios para ello. Me sentí... morir, al saber que...

–Oh, Luc –Star suspiró dolorosamente, y decidió

que nunca le diría que sí había habido un pequeño riesgo de que hubiera sucedido.

–Por eso cuando te vi meterte en aquel coche fuera de la iglesia… y después vi que los niños tampoco estaban… fue entonces cuando supe que te amaba… cuando creí que os había perdido a los tres… ¡mi familia! –levantó entonces la cabeza y la miró con una emoción tan honda, que Star sintió que el corazón le daba un vuelco–. Y ni siquiera te había dicho lo que sentía.

–¿Estás seguro de que no era solo pánico?

Luc soltó una reticente carcajada. Quitándose la chaqueta, la rodeó lentamente.

–Llevo mucho tiempo enamorado de ti…

–No pares –animó ella a que siguiera.

Él la llevó a la cama y la estrechó con fuerza.

–Primero perdí el interés por Gabrielle. Después empezaste a gustarme… me fascinabas, y supongo que entonces debería haber comprendido que estaba sintiendo algo que no había sentido antes. Pero no lo comprendí. No tienes idea de lo destrozado que me quedé cuando te fuiste. Fue como si mi vida se hubiera quedado sin luz. Así que te eché la culpa de que me sintiera tan mal.

–Típico… –dijo ella, besándole suavemente la comisura de los labios.

–Contigo todo era devastador.

–¿El síndrome del tanque enemigo?

–Pensar que los niños eran de otro, que había perdido tu amor, sin saber aún que quería que siguieras amándome, sentí un amargo rencor…

–Ya te dije que amar no conoce reglas.

–Entonces me agarré a los niños como una excusa para retenerte para no tener que pensar en cómo me sentía realmente.

Star le quitó la corbata y empezó a desabrocharle la camisa.

–Nunca volveré a decir todo esto –le advirtió él seriamente, y ella sonrió–. Tenía la intención de hacer que te enamoraras de mí otra vez.

–Nada como no ver lo que uno tiene. Por eso me diste una luna de miel –comprendió ella, divertida.

–Para mí también fue una luna de miel, y disfruté intensamente deleitándome contigo.

Le levantó la cara para robarle una apasionado beso. Y las cosas se descontrolaron, como siempre que estaban tan cerca.

–Creí que te habías olvidado de mí y te habías enamorado de Rory –continuó Luc–. Me sentí amenazado, y por eso te amenacé con ir a los tribunales para conseguir la custodia.

–Solo éramos amigos, Luc.

–Ahora que estás verdaderamente casada conmigo, para siempre, no tendrás más amigos de esos. En todo el tiempo que estuvimos separados no hubo una sola mujer en mi vida.

–¿En serio? –un súbita sonrisa de deleite curvó los labios de Star, y finalmente se echó a reír a carcajadas–. No me extraña que quisieras pasar una última noche conmigo… ¡Oh, Luc, tampoco hubo nadie para mí!

–Pero estuviste a punto de hacerlo con Rory.

Star lo miró amorosamente, reconociendo en el descarnado tono de su voz que, a veces, era demasiado listo.

–Creía que no me querías ni te preocupabas por mí en absoluto…

–Te adoro, y nunca te dejaré marchar –juró Luc con todo el fervor que una mujer enamorada querría recibir–. Me ha costado mucho llegar hasta aquí, pero ahora sé exactamente que lo que más quiero en mi vida eres tú.

Star dejó escapar un suspiro de puro júbilo.

–Ojalá no me hubiera perdido el embarazo… –admitió Luc apenado.

–No te perdiste nada. Parecía un globo.

–Seguro que no.

–Espera y verás…

–¿Quieres decir que considerarías la posibilidad de aumentar la familia? ¿Estás segura de que no sería arriesgado para ti?

–No seas tonto –Star sonrió ante el rostro de preocupación–. En vista de que eres una padre fabuloso, creo que me gustaría tener otro hijo algún día.

–Hablaremos con el médico primero –aseveró Luc cauteloso por naturaleza.

Diez meses después, Star fue madre por segunda vez. No lo había planeado, pero se alegró muchísimo al saberlo. Luc se pasó la mayor parte del embarazo preocupado por ella, y había consultado con varios médicos. A ella solo le preocupaba Luc y disfrutó de unos nueve felices meses de gestación. Dio a luz a un niño.

En el bautizo, Bruno le confesó en secreto a Luc que se alegraba de que no hubieran aceptado la sugerencia de Juno de llamarlo Luna. La madre de Star lamentó mucho que los hombres fueran tan conservadores respecto a los nombres y suspiró resignada al oír que a Venus la llamaban Vivi para abreviar. Se quedó muy sorprendida cuando Luc llamó a su segundo hijo Orion, y el padre de Star no pudo evitar la carcajada.

Después de meter en la cama a Vivi y a Marte esa noche, Star y Luc no pudieron evitar acercarse a la cuna de Orion, acurrucado en su cunita con dosel como un pequeño príncipe.

–Esta vez nuestros genes se han mezclado –suspiró Star con satisfacción. Su pequeño tenía el pelo oscuro de Luc y los ojos aguamarina de ella–. ¿No te parece una señal?

Luc se rio y la estrechó en sus brazos.

–No necesito ninguna señal para saber que soy muy, pero que muy feliz contigo.

–Lo sé. Ibas camino de convertirte en un desgraciado hasta que aparecí –Star lo miró a los ojos y se sintió mareada de felicidad.

–Te amo… –murmuró él suavemente.

Ella respondió apretándose contra él, y le susurró las mismas palabras entre besos. Tardaron mucho en bajar a cenar aquella noche.

Se decía que el corazón de Alik estaba tallado del diamante más duro y el hielo más frío...

Alik era poderoso, despiadado e incapaz de sentir amor. Sin embargo, cuando se enteró de que tenía una hija, nada pudo evitar que la reclamara como propia.

Jada Patel haría cualquier cosa para conservar a la pequeña Leena en su vida, incluso casarse. Aunque nunca podrían tener un porvenir en común, era imposible resistirse al poderoso Alik.

Jada creía que lo sabía todo sobre el deseo, pero, arrastrada por el deslumbrante mundo de Alik, descubrió una pasión embriagadora y devastadora que derretiría hasta el corazón más frío.

Herencia oscura

Maisey Yates

Acepte 2 de nuestras mejores novelas de amor GRATIS

¡Y reciba un regalo sorpresa!

Oferta especial de tiempo limitado

Rellene el cupón y envíelo a
Harlequin Reader Service®
3010 Walden Ave.
P.O. Box 1867
Buffalo, N.Y. 14240-1867

¡Sí! Por favor, envíenme 2 novelas de amor de Harlequin (1 Bianca® y 1 Deseo®) gratis, más el regalo sorpresa. Luego remítanme 4 novelas nuevas todos los meses, las cuales recibiré mucho antes de que aparezcan en librerías, y factúrenme al bajo precio de $3,24 cada una, más $0,25 por envío e impuesto de ventas, si corresponde*. Este es el precio total, y es un ahorro de casi el 20% sobre el precio de portada. !Una oferta excelente! Entiendo que el hecho de aceptar estos libros y el regalo no me obliga en forma alguna a la compra de libros adicionales. Y también que puedo devolver cualquier envío y cancelar en cualquier momento. Aún si decido no comprar ningún otro libro de Harlequin, los 2 libros gratis y el regalo sorpresa son míos para siempre.

416 LBN DU7N

Nombre y apellido	(Por favor, letra de molde)

Dirección	Apartamento No.

Ciudad	Estado	Zona postal

Esta oferta se limita a un pedido por hogar y no está disponible para los subscriptores actuales de Deseo® y Bianca®.
*Los términos y precios quedan sujetos a cambios sin aviso previo.
Impuestos de ventas aplican en N.Y.

SPN-03   ©2003 Harlequin Enterprises Limited

Deseo

CONQUISTAR EL AMOR

JOAN HOHL

Maggie estaba convencida de que Mitch era un tipo arrogante y engreído que se escondía tras la ropa de un hombre civilizado. Y él no iba a hacer nada por conseguir que su bellísima nueva secretaria cambiara de opinión. Sin embargo, la intensa atracción que ambos sentían no sabía de tales falsedades. La dinámica Maggie estaba destinada a ser la amante de Mitch y, él, a hacer que el corazón de ella ardiera de pasión. ¿Sería Mitch capaz de romper su regla número uno y dejar que la dulce Maggie lo domara?

"Tengo mis propias normas,
y todos deben seguirlas"

Bianca.

¿Había encontrado finalmente a la mujer de su vida?

Raoul Caffarelli, el conocido millonario y playboy, había vivido siempre al límite. Pero, cuando un accidente lo confinó en una silla de ruedas, al cuidado de una mujer cuya belleza lo cautivó, se vio sumido en un estado de rabia y frustración. Acostumbrada a pacientes difíciles, la fisioterapeuta Lily Archer no se dejaría intimidar por la arrogancia de Raoul ni por su apolíneo físico. Sin embargo, ella tenía también algunas cicatrices del pasado y había prometido no dejarse dominar por ningún hombre de nuevo.

Pero ambos iban a subestimar el poder de la pasión que había entre ellos. Sus cicatrices físicas podían curarse, pero algunas heridas eran mucho más profundas...

Cicatrices indelebles

Melanie Milburne